혼자여도

이대로 좋다 ♩

♪

차오름 에세이

혼자여도
이대로 좋다

리더북스

저자의 말

우리는 모두 다른 사람들이다. 저마다 외모, 성격, 취향, 능력, 가치관, 인생관이 다르다. 그러나 세상에 하나뿐인 특별한 존재란 점에서는 모두 똑같다. 사는 모습은 달라도 크고 작은 고민이 있고, 불안과 걱정이 있고, 상처가 있고, 괴로움이 있다. 이 또한 보통의 존재로 살아가는 우리들의 공통점이다.

사랑한 사람과 이별하고, 믿었던 사람이 신뢰를 저버리고, 품고 있던 꿈이 산산조각 났을 때 밤을 지새우며 이런 생각을 했었다. 결국 사람은 혼자라고.

하지만 그 생각이 얼마나 어리석은 것이었는지 깨닫는 데는 오랜 시간이 걸리지 않았다. 아낌없이 사랑했지만 떠난 사람도 있고, 등에 배신의 칼을 꽂고 상처를 남긴 사람도 있었지만, 내 곁에는 손을 내밀고 울고 있는 내 등을 쓰다듬어 주는 소중한 사람들이 남아있었다. 나는 그들의 사랑과 위로에 기대서 무너지지 않았고, 잘 버텨냈고, 나아갈 힘을 얻었다.

그들은 비교하지 않고 있는 그대로의 내 모습을 사랑해주었다. 냉정한 세상에서 차가운 시선을 견딜 힘을 주었다. 차별과 무시에 주눅 들지 않게 함께 힘을 보탰다. 타인을 불신하며 선을 긋는 나에게 배려의 미덕을 알게 했다. 먹고사는 일이 불안해서 힘들어할 때 도움을 주고 든든하게 응원해주었다. 소중한 사람들에게 고마울 따름이다.

이제 나는 혼자일 때도 괜찮은 사람이 되었다. 혼자여도 지금 이대로 좋다고 말할 수 있는 사람이 되었다. 끝까지 나를 사랑해주고 믿어 준 사람들 덕분이다.

막막하고, 힘들고, 아프고, 괴로울 때 누군가 가장 힘이 되는 말을 해주며 곁에 오래 있어주기를 바라는 당신에게, 이 미숙한 글로 당신이 한 걸음 더 나아가게 해 주고 싶다.

당신의 사랑과 행복과 꿈을 진심으로 응원하며.

차례

Chapter 2
잘 살고 있는 걸까?

Chapter 3
싫어졌거나 지금도 좋아하거나

Chapter 4
지금 이대로 내가 좋다

Chapter 1

너는 타인일 뿐인데

혼자여도
괜찮은 사람

    나는 사교적인 사람이 아니야. 인맥관리 같은 건 해본 적도 없어. 알고 지내는 몇몇 사람들과 어울릴 뿐이야. 그들조차도 친하게 지내지는 않아. 선을 긋고 적당한 거리를 두고 있어.

    가끔 파도처럼 외로움이 밀려올 때도 있어. 그런 날에는 허물없이 지냈던 단짝 친구가 그립기도 해. 하지만 먼저 연락하거나 기대지는 않아.

    나는 혼자 지내는 게 익숙해서 전혀 불편함이 없어. 혼밥, 혼술은 일상이고, 혼자 영화 보고, 혼자 여행을 해.

    왜 혼자일 때 편하냐고? 누구나 혼자서 삶을 가꾸는 거야. 나는 나와 잘 지내고 있어. 나는 혼자여도 괜찮은 사람이야.

꽃 같은 시절

지금 내 모습을 좋아하고
사랑하는 사람과 함께 피어나고 있다면
나이와 상관없이 누구나
꽃 같은 시절이다.

이유 없이
좋아하기로 했어

요즘 많이 듣는 말이 있어. 있는 그대로의 모습을 사랑하라는 말. 과대평가하거나 과소평가하지 말고 있는 그대로 좋아하라는 의미일 거야.

나를 좋아하고 아껴줘야 한다는 것을 모르는 사람이 있을까. 알면서도 이런저런 이유로 좋아하지 않는 것뿐이지.

가끔 나에게 미안할 때가 있어. 못난 모습도 나의 일부인데 그 모습을 감추고 숨기려고만 했어. 사람들이 그 모습을 좋아하지 않아도 나만큼은 아껴줘야 했는데 그러지 못했어.

때로는 그런 내 모습을 연민에 찬 시선으로 바라보

기도 해. 그러면 내가 기대한 모습은 아니지만 지금 이
대로의 내 모습도 나쁘지 않아, 이렇게 따뜻하게 바라
보게 돼.

　　그냥 내 모습을 좋아하기로 했어. 무슨 이유가 있어
서 좋아하는 건 아니야. 앞으로도 이 모습으로 살아야
하는데 나마저 나를 미워한다면 누가 나를 좋아하겠어.

그 사람의
매력

매력은 사람마다 다르게 느끼는 것 같아. 나의 경우는 뭔가 대단한 것이 아니라 나를 대할 때 따뜻한 온기가 느껴지는 사람에게 매력을 느껴. 외모가 빼어나고 학식이 풍부해도 태도가 따뜻하지 않으면 눈길을 끌지 못해.

태도에 따뜻한 온기가 느껴지는 사람은 남에게 잘 보이기 위해서 애쓰는 게 아니야. 자기 모습을 꾸미는 것도 아니야. 자연스럽게 자신의 매력이 드러나는 거야. 태도는 그런 거니까.

나에게 따뜻함이 전해진 이유는 아마도 그 사람이

나의 소중한 가치를 알아주었기 때문일 거야. 우리는
모두 소중하잖아. 소중한 가치를 알아주는 사람이라서
나에게는 그게 매력으로 다가오나 봐.

진짜 강한 사람

당신은 겉모습만 봐서는 약하고, 여리고, 모질지 못한 사람이야. 그런데 나는 알아. 당신의 진짜 모습은 단단하고 강하다는 것을.

당신은 가까운 사람이 잘못을 해도 웬만해서는 화를 내지 않아. 그럴 때는 답답하고 물러 터진 것처럼 보여. 그런데 나는 알아. 당신은 참을성이 많은 게 아니라 그 사람과 함께한 소중한 추억을 간직하고 있다는 것을.

당신은 스펙이 부족하고 능력도 평범해 보여. 그렇다고 낙심하거나 자책하지는 않지. 나는 알아. 당신이 열악한 조건과 환경에서도 최선을 다하고 있는 모습을.

당신은 상처가 많은 사람이야. 그럼에도 사람들을 인정해주고 늘 칭찬을 하지. 나는 알아. 당신은 상처를 주는 언어가 사람을 강하게 만드는 게 아니라 오히려 삶의 의욕을 꺾는다는 것, 사랑하는 마음조차 빼앗아간 다는 것을 상처를 받으면서 절실히 깨달았던 것을.

당신은 약하고, 여리고, 상처도 있지만 강한 사람이야. 자신을 지키고 소중한 사람도 지킬 줄 아는 진짜 강한 사람이야.

결심

　사람은 잘 바뀌지 않아. 마음을 굳게 먹는다고 달라지는 건 아니야. 처음에는 조금 바뀌는 것 같아도 다시 예전의 모습으로 돌아가기 쉬워.

　너는 달라지기로 결심했다고 했어. 나는 있는 그대로의 너의 모습도 좋은데 왜 그런 말을 하는지 궁금했어. 너는 남을 의식해서 네 모습을 바꾸고 싶다고 한 게 아니었어. 단 한 가지라도 어제보다 더 나은 네가 되고 싶다고 했어.

　또 성숙한 사랑을 하고 싶어서라고 했어. 사실 성숙한 개인과 개인의 만남이 되지 않으면 성숙한 사랑을 할 수 없지. 연애는 서로 다름에서 일어나는 갈등을 이해하고 풀어가는 과정인 것 같아. 그 과정에서 서로 깊이 알고 이해하고 성숙한 사람이 되고. 나는 그 말에 공감했어.

다행히 너는 좋은 쪽으로 더 나아지고 있어. 네가 성숙한 모습으로 어떻게 나를 사랑해줄지 기대가 돼. 너의 품이 더 넓어져서 내가 따뜻한 품속으로 뛰어들게 해 줘.

지금 너의 모습이 좋아.

더 성숙해지는 너의 모습도 좋고.

어떤 모습이든

네가 얼마나 좋은 사람인지,

나에게 얼마나 소중한 사람인지

그것만 잊지 마.

어깨를
내어주는 사랑
- - - - - - - - - - - - - - -

　다른 사람에게 부담을 주는 걸 무척 싫어했어. 뭐든지 혼자서 해결하는 게 습관이 되었어. 그런데 그게 좋은 것만은 아니었어. 함께 살아가는 데는 미숙했어. 남에게 적당히 기대고, 나에게 기대고 싶어 하는 사람에게 어깨를 내어주는 것도 필요한 건데.

　나는 뭐든지 혼자 견뎌냈고 그 과정에서 많이 외로웠던 것 같아.

　처음에 네가 나에게 기대려고 할 때 나는 이렇게 생각했어. 너는 의지가 약하다고. 너는 자립심이 부족한 사람이라고.

우리는 완벽하지 않은 존재인데. 그래서 기댈 수 있는 사람이 필요한 건데. 단지 기댈 수 있는 존재가 있다는 것만으로도 든든함을 느낄 수 있는 건데.

나도 너에게 기대고 싶어. 네가 힘들 때는 언제든 내 어깨를 내어주고 싶어. 그게 사랑이라면.

미워하는 건
그 사람 마음이니까

- - - - - - - - - - - - - - - - - - - -

모두 나를 좋아해 줬으면. 이런 바람은 다섯 살짜리 아이도 갖지 않아. 내가 누군가를 미워하듯 누군가도 나를 미워하고 있다는 걸 아니까. 그것을 알면서도 미움을 받는 건 기분이 왠지 찜찜해.

내가 타인의 감정을 상하지 않게 조심한다고 해도 나를 싫어하는 사람은 항상 존재해. 그나마 다행인 건 온 우주가 나를 미워하지는 않는다는 거지.

인기 유튜버가 올린 영상만 봐도 조회 수가 많을수록 '좋아요'만큼 '싫어요'도 늘어나. 이처럼 사회생활을 하면서 관계의 폭이 넓어지면 나를 좋아하고 싫어

하는 사람도 동시에 늘어나게 돼. 그것은 자연스러운
일이야.

　나를 싫어하는 사람은 잘 안 맞아서 그런 거야. 그건
그 사람 마음이니까 부담 갖지 말고 안 만나면 돼.
　다만 나는 싫어하는 사람에게 많이 가르쳐 달라고
부탁을 해. 자기에게 충고하는 사람은 못마땅하게 여
겨도 가르침을 청하는 사람을 싫어하지는 않거든. 존
중하고 신뢰해야 한 수 알려 달라고 하는 거니까. 가끔
그런 방법이 미움을 호감으로 바꿔놓기도 해.

　나를 확실히 좋아하는 사람에게 느낀 게 있어. 그동

안 내가 그에게 미움받지 않은 건 내가 잘해서가 아니었어. 그 사람이 그냥 나를 좋아해 준 거였어. 그래서 평온한 관계를 유지했던 거야. 그걸 알기에 더더욱 나를 좋아하는 사람을 잘 챙기고 싶어.

예쁜 사랑
- - - - - - - - - - - -

그 사람의 말 한마디에 설레고
사소한 행동 하나하나에 미소를 지어요.

내 마음을 몰라줄 때는 서운해서 삐치고
속상해서 투정도 부려요.

이게 다 좋아해서 그런 거예요.

예쁜 사랑 하길 바랄게요.

마음만 앞서면
- - - - - - - - - - - - - - - - - -

한번 해보고 싶은 일이 생겼어. 그런데 생각만큼 쉽지 않았어. 잘하지 못하니까 의욕이 생기지 않았어.

새로운 일을 하면 잘하지 못하는 게 당연한 건데 못하는 나를 인정하지 않고 괴로워했어. 차근차근 배우면서 계속해 나가면 잘하는 요령도 습득할 수 있는데 처음부터 '제대로 해야 해. 잘하지 않으면 안 돼' 하면서 나를 몰아붙였던 것 같아. 그냥 할 수 있는 만큼만 하면 되는데 욕심을 부렸던 것 같아.

열심히 하는데도 원하는 결과가 안 나오면 내 능력과 노력으로는 역부족이란 생각이 들 수 있어. 그러면 포기하기 쉽지. 그런데 이런 일이 반복되면 '내 인생은 되는 게 없어' 하며 자포자기 심정이 되기도 해.

　내가 실패한 경험에서 배운 것을 말해주고 싶어.

　첫째, 처음부터 잘하려는 마음만 앞서면 안 돼. 우선 처음이라 잘 못 하는 나를 받아들여야 해. 그게 잘할 수 있는 시작이야.

　둘째, 무슨 일이든 좋은 결과를 염두에 두기 전에 가볍고 편한 마음으로 재미있게 하겠다고 마음먹는 게 좋아. 그러면 무리하지 않고 힘을 뺀 상태로 시작할 수 있어.

　셋째, 남보다 잘하려고 애쓰기보다 나 자신을 위해서 잘하려고 해 봐. 그러면 남보다 못 해도 실망하지 않고 오히려 더 나아진 나를 좋아할 수 있어.

떨어져 있을 때
더 생각나는 사람

요즘은 좋은 것이 있으면 네 생각부터 해. 사람들과 식사를 하러 갔는데 식당 분위기도 좋고 음식도 맛있으면 다음에 너와 함께 와야지, 라고 생각해. 예쁜 옷을 보면 너에게 잘 어울리겠다고 생각하고, 거리에서 손잡고 가는 연인들을 보면 네 생각을 해. 소중한 너라서 떨어져 있어도 네 생각만 하는 것 같아. 함께 하고 싶은 것, 가고 싶은 곳이 점점 늘어나고 있어.

너와 같이 있으면 시간이 엄청 빨리 가는 것 같고, 떨어져 있으면 시간이 너무 천천히 가는 것 같아.

바빠서 만나지 못하는 날에는 네가 잘 있는지 궁금

해. 전화해서 밥은 잘 챙겨 먹니? 힘든 일은 없니? 아픈 데는 없니? 끝없이 묻게 돼.

식사를 거르지 않고 잘 챙겼으면 좋겠고, 힘든 일이 있으면 아늑하게 감싸주고 싶고, 아프다고 하면 밤늦게라도 달려가서 편히 잠들 수 있게 해 주고 싶어.

작은 것 하나에도 마음을 함께 나눌 수 있는 네가 있어서 정말 행복해.

너는 떨어져 있을 때 더 생각나는 사람이야.

침묵이
어색하지 않아

친밀하지 않은 사람이 말을 많이 하면 신뢰가 가지 않아. 그런데 너는 상황이나 분위기에 맞게 꼭 필요한 말을 하는 사람이었어. 그 점이 믿음직해서 내 마음을 조금씩 열었던 것 같아.

너는 말을 적게 하면서도 말을 잘하는 편이야. 왜 그런지 생각해보니 네가 침묵을 즐길 줄 알고 내 말을 주의 깊게 들어줬기 때문이었어.

예전에는 대화 중에 침묵이 흐르는 몇 초의 순간이 길게 느껴졌어. 그런데 너와 얘기할 때는 무거운 침묵이 흘러도 전혀 어색하지 않아. 아무 말 하지 않아도 마음이 편안해.

너를 바라보기만 해도 좋아. 너는 맑은 눈으로 나에게 많은 얘기를 해. 특별히 뭔가를 하지 않아도 함께 있어서 행복해.

너는 말수가 많지 않지만 나에게 사랑한다는 말을 잊지 않고 해줘. 그래서 너무 좋아.

근거 없는
자신감이라도

　예쁘고, 날씬하고, 공부도 잘하고, 말도 잘하고, 인기가 있었으면 좋겠다고 바란 적이 있어. 그런데 그건 내가 바라는 모습이 아니란 걸 알게 됐어. 방송에서 가끔 그런 사람을 볼 때 전혀 부럽지 않았거든.

　그럼 내가 부러워하는 사람은 누구냐고? 부럽기보다는 좋아하는 사람이란 표현이 더 맞을 것 같아. 나는 자신감 넘치는 사람이 좋아. 근거 없는 자신감이라도.
　자신감 있는 사람은 어떤 문제가 생기든 해결할 힘이 있다고 스스로 믿는 사람이니까. 자기를 표현할 무대에 서면 자신이 준비한 것을 완전히 쏟아붓는 사람이니까.

예쁘고 날씬하지 않아도 자신감이 있어서 호감을 얻는 사람을 좋아해. 공부를 못 해도 자기가 좋아하는 일에 자신 있게 뛰어드는 사람을 좋아해. 인기에 연연하지 않고 자기와 다른 의견을 포용하는 사람을 좋아해. 말을 못 해도 자신감 있게 자기 감정을 표현하는 사람을 좋아해.

반면에 자신만만한 것은 좋은데 거짓된 허세로 남에게 민폐를 끼치는 사람은 좋아하지 않아. 그런 사람은 오히려 자신감이 독이 될 수도 있어.

누구를 만나든, 어떤 상황에서든 기죽지 않고 자신감 넘치는 사람이 되고 싶어.

나에게
좋은 사람

한때는 타인을 지나치게 의식하며 지냈다. 옷을 입어도 내 마음에 들면 그만인데 남들이 어떻게 볼까를 먼저 생각했다. 모임에 나가서도 분위기나 남의 비위를 맞추느라 내 감정에 솔직하지 못했다. 외출하고 집에 돌아오면 지나치게 긴장한 탓인지 더 지치고 힘들었다. 마음 한구석이 허전했다.

왜 그토록 남의 시선을 의식했을까. 왜 그토록 남에게 좋은 사람, 친절한 사람으로 인정받고 싶어 했을까. 그게 뭐 그리 대단한 일이라고.

연애를 할 때도 그랬다. 결국 헤어지고 나서야 뒤늦게 알았다. 남에게 사랑받고 인정받기를 원하는 건 자연스러운 욕구이지만 그것이 내 삶의 주도권을 잃을 정도가 되어서는 안 된다는 것을.

　남들이 나를 좋은 사람으로 인정해주지 않아도 스스로 내 가치를 유지할 수 있어야 한다. 타인보다는 나의 행복이 우선이기 때문에.

　남에게 좋은 사람이 아니라 나에게 좋은 사람이 되고 싶다.

나답게
산다는 건

나답게 산다는 건 어떻게 사는 것일까.

나에게 솔직한 것.

어느 상황에서나 비굴한 태도를 보이지 않는 것.

들어줄 건 들어주고, 거절할 건 거절하는 것.

지나치게 자책하지 않는 것.

고양이처럼 매달리지 않고 도도하게 지내는 것.

그냥 순간순간을 만끽하는 것.

남과 비교하지 않고 나로 살아가는 것.

있는 그대로
좋아해주는 사람
- - - - - - - - - - - - - - - - - - - -

나에게는 좋은 모습도 있고, 변변하지 못한 구석도 있고, 숨기고 싶은 면도 있어.

너에게는 이왕이면 좋은 모습만 보여주고 싶었어. 약간은 꾸민 모습으로 호감을 사고 싶었어. 그런 내 모습을 너는 좋아했어. 그런데 너에게 사랑을 받으면서도 점점 텅 빈 마음이 되었어. 진짜 내 모습을 사랑하는 게 아니었기 때문에.

있는 그대로의 내 모습을 보여줬어도 너는 나를 좋아했을까?

그냥 나를 편견 없이 봐주는 사람을 만나고 싶어. 진짜 내 모습을 좋아하는 사람을 만나고 싶어. 좋아한다는 것은 내 전부를 좋아하고 함께하겠다는 거니까.

너에게
하고 싶은 말

<hr>

　부모님은 "쟤는 왜 세상에 태어나서"라며 나를 업신여기지 않았다. 단 한 번도 그런 말씀을 하신 적이 없다. 키가 작고 못생겼어도, 뚱뚱해도, 잘하는 게 없어도, 가끔 지랄을 떨어도 나는 부모님의 하나밖에 없는 소중한 작품이었다.

　소중하다는 말은 없으면 안 된다는 것이다. 온 마음을 쓰겠다는 것이다. 그래서 나는 소중한 사람이 가슴으로 하는 말을 들으면 행복하게 살고 싶어진다.

　그런 마음으로 너에게 하고 싶은 말이 있다.
　괜찮아, 실수는 누구나 하는 거야.

못 해도 괜찮아.

꾸미지 않아도 넌 지금 충분히 예뻐.

너는 지금 이대로 괜찮은 사람이야.

너를 사랑해.

너는 소중해.

타인의 시선을
의식해 힘들다면

타인의 시선을 의식할 때는 내가 행복하지 않은 때인 것 같아. 행복하면 온전히 나에게 집중해서 타인의 시선을 거의 의식하지 않을 테니까.

물론 타인을 전혀 의식하지 않고 살 수는 없어. 관계는 중요한 거잖아. 하지만 지나치게 의식하면 타인의 눈에 비친 내 모습을 바라보게 돼. 내가 온전한데도 부족하고 결핍된 것이 많은 사람처럼 느껴져. 그럴수록 자존감은 낮아지고 내가 나를 좋아하는 게 힘든 것 같아.

나에게 집중하고 싶어. 남에게 잘 보이려고 애쓰기보다는 스스로 부끄럽지 않은 사람이 되고 싶어. 남들의 눈 밖에 나지 않으려고 눈치를 보기보다는 스스로 떳떳할 수 있도록 몸가짐을 바르게 하고 싶어. 남이 보기에 그 정도면 괜찮은 사람이 아니라 스스로 괜찮은 사람이 되고 싶어.

내 인생의 운전석에 타인을 앉히고 싶지는 않아. 타인은 조수석에 앉히고 내가 핸들을 잡고 가고 싶은 길을 향해 달려갈래.

서운한 이유

기억하니? 너랑 모처럼 근사한 데 가서 비싼 음식 먹은 날. 그런데 그날 우리는 사소한 일로 다퉈서 기분이 엉망이 되었어. 결국 비싼 음식을 다 먹지도 못하고 헤어졌지.

서운함은 한두 번의 큰일보다는 자잘한 일들이 쌓여서 생기는 것 같아. 이 정도 일로 서운하다고 하기에는 아주 작고 사소한 일들 말이야. 연락을 기다렸는데 아무 연락이 없거나, 따뜻하게 바라봐주지 않거나, 손잡아주지 않거나, 나의 하루를 궁금해하지 않거나, 기쁜 일이 있었는데 반응이 시큰둥할 때.

내가 너에게 바라는 것은 특별한 이벤트가 아니야.

근사한 데 가서 비싼 음식을 먹지 않아도 상관없어. 동네 분식집에서 떡볶이를 먹어도 너와 알콩달콩 사랑하고 싶어. 너와 다투지 않고 오늘 있었던 시시콜콜한 이야기를 나누고 싶어. 나는 너와 대화가 통하면 정말 사랑받는 느낌이 들어. 그게 내가 바라는 연애이고 사랑이야.

처음에 내가 너에게 마음을 연 것도 사소한 일에 신경을 써주고 다정하게 대하는 모습이 마음에 들어서였어. 사랑은 사소한 관심으로 시작되고 사소한 배려로 스며든다는 것을 잊지 않았으면 해.

거절을 못 하는
너에게

　가끔 안부도 전하지 않다가 부탁할 일이 생길 때만 연락하는 사람이 있어. 또 마음 아픈 일이 있을 때만 연락해서 구구절절 아프고 힘든 얘기만 늘어놓으며 내 에너지를 빼앗아가는 사람도 있어. 이런 사람들하고는 거리를 두거나 안 만나고 싶어. 자기가 필요할 때만 나를 찾는 사람이니까.

　이런 사람일수록 부탁을 거절하거나 만남을 거부하면 내가 변했다고 말을 해. 자기를 존중하지 않았다며 나에 대해 안 좋은 얘기를 주변에 하기도 해. 그러거나 말거나.

　예전에는 나도 부탁을 받으면 거절을 못 하는 편이

었어. 우유부단한 성격 때문일 수도 있고, 이기적으로 보이기 싫은 것도 있고, 충돌을 피하고 싶은 마음도 있었을 거야.

들어줄 수 있는 부탁은 들어주고 싶었어. 문제는 들어주기 곤란한 부탁도 거절을 못 한다는 거였어. 그렇게 순순히 부탁을 들어주니까 어느 순간에는 당연히 들어줘야 하는 것처럼 부탁이 아닌 요구를 하더라. 그때 알았지. 호의가 계속되면 권리가 된다는 것을.

거절할 것은 정중하게 거절해야 해. 돌려서 얘기하거나 변명하지 않고 들어줄 수 없으면 못하겠다고 단호하게 거절 의사를 밝혀야 해. 거절하면서 미안한 마음을 갖지 않아도 괜찮아. 무리한 부탁을 한 사람이 잘 못한 건데 그 사람 기분까지 책임질 수는 없잖아.

될 수 있으면 거절 안 하고 좋은 관계를 유지하고 싶은 마음은 충분히 이해해. 하지만 부탁이나 요구를 들어줘야만 유지되는 관계라면 그런 관계를 꼭 유지할 필요가 있을까. 내 마음이 불편하고 행복하지 않은데.

과시하는 것도
겸손한 것도
- - - - - - - - - - -

별로 가진 게 없으면서도 돈이 조금 생기면 허세를 부렸어. 평소에는 공부하지도 않으면서 조금 아는 얘기가 나오면 아는 척을 했어. 힘 좀 쓰는 사람과 친해지면 마치 내가 힘이 있는 듯 시건방을 떨었어. 조금이라도 남 앞에서 과시할 만한 일이 있으면 자랑하지 못해서 안달을 냈어.

남에게 해가 되지 않는다면 허세 좀 부리고, 아는 척 좀 하고, 자랑 좀 하는 것이 무슨 큰 문제가 되겠어. 과시하는 모습도 겸손한 모습도 다 내 모습인데. 다만 지나치게 오만하거나 비굴하지 않게 살고 싶을 뿐이야.

좋은 인연과
나쁜 인연

옷깃만 스쳐도 인연이라는 말이 있어. 지나다가 우연히 옷깃만 스쳐도 인연이 될 수 있으니 모든 만남을 소중하게 여기라는 것이겠지.

좋은 인연과 나쁜 인연은 정해져 있는 걸까? 나는 '그렇지 않다'에 한 표 던지고 싶어. 인연이란 상황을 바라보는 관점에 따라서 얼마든지 달라질 수 있는 거라고 생각해.

예를 들어, 자기 말만 옳다고 하던 사람이 어느 순간부터 내 이야기에 귀를 기울이고 배려해주면 편하게 만나고, 막역하게 지내던 사람이라도 빌려 간 큰돈을 떼먹으면 점점 멀어지잖아.

나는 좋은 인연, 나쁜 인연에 연연하고 싶지 않아. 인연이 있으면 노력하지 않아도 편하게 만날 것이고, 인연이 아니면 노력을 해도 떠나가겠지. 누가 남고 누가 떠나건 내 노력만으로 되는 일은 아니잖아.

　아무리 친했어도 지금 안 만나면 과거에 친했던 사람으로 기억하면 되는 거야. 잠시 만났다가 헤어지는 인연이라면 그 사람을 만나는 동안 행복했으면 되는 것이고.

인간관계가
힘들다면

소설가 파울로 코엘료가 말했던가. "모든 사람들이 당신을 다 좋아한다고 하면 당신에게 무슨 문제가 있을 것이다. 당신은 모두를 기쁘게 할 수는 없다."

내가 모든 사람을 좋아하지 않듯이 모든 사람이 나를 좋아할 수는 없어. 모두와 잘 지낼 수는 없는 거야.

상대방의 입장과 내 입장은 얼마든지 다를 수 있어. 상대방이 자기 기준에서 생각하는 것과 내가 내 기준에서 생각하는 것은 다를 수 있어. 인간관계가 힘든 건 근본적으로 이런 입장과 생각 차이에서 오는 것 같아.

특히 관계를 몹시 힘들어하는 사람은 상대방의 생

각과 입장에 자기를 맞추려고 해. 자신의 욕구와 기분, 감정에 충실한 사람은 인간관계로 크게 괴로워하지 않아. 상대방의 생각과 입장보다는 자기 마음이 편한 방향으로 사람들을 대하기 때문이지.

인간관계가 힘든 건 서로 달라서 안 맞는 것일 뿐 누구의 잘못도 아니야. 가능하면 관계에 너무 얽매이지 않고 살았으면 좋겠어. 정말 좋아하는 사람들과 어울리며 행복한 관계만 유지하면 좋겠어.

나를 평가할 수
있는 사람

- - - - - - - - - - - -

너는 다른 사람들의 평가에 너무 민감하게 반응하는 것 같아. 너를 좋게 얘기하면 기분이 좋아지고, 조금이라도 나쁘게 얘기하면 언짢아하고.

그런데 그거 알아? 칭찬이나 비난은 사람들이 자기 생각이나 감정을 표현하는 것일 뿐 너하고는 상관없다는 것을.

네가 사람들한테 너에 대해 평가해 달라고 한 적이 없잖아. 그런데 사람들의 평가에 왜 민감하게 반응해? 사람들의 평가가 다 옳은 것도 아닌데.

설령 사람들이 너에 대해 안 좋게 얘기한다고 해도 너의 소중한 가치가 달라지는 것은 아니야.

잊지 않았으면 좋겠어. 너를 평가할 자격이 있는 사람은 없다는 것을. 너에 대한 평가는 오직 너만 할 수 있다는 것을.

우리만의 사랑

- - - - - - - - - - - - - -

가끔 너는 남들이 하는 연애를 부러워했어. 방송에서 가상 커플이 연애하는 것을 보면서, 친구의 꿀 떨어지는 연애 얘기를 들으면서 부러워했어. 우리가 많이 다투면서 연애를 했기 때문일까.

우리는 연애하면서 많이 부딪쳤던 것 같아. 그런 시간을 보내면서 서로를 있는 그대로 받아들일 수 있었지.

다른 커플의 사랑이 부럽더라도 우리의 연애와 비교하지 않았으면 해. 완벽한 짝이 없듯이 이해와 노력 없이 예쁘기만 한 연애는 없다는 걸 너도 알잖아. 연애는 매 순간 행복하지만 때로는 갈등이나 고민, 외로움과 불안 같은 이면도 있고 순탄하지 않은 시간도 있어.

사랑에 최고의 기준은 없는 것 같아. 우리 둘이 나누는 사랑이 최선의 사랑이라고 믿어. 앞으로도 나는 있는 그대로의 너를 변함없이 사랑할 거야. 네가 다른 커플의 연애를 부러워하지 않도록 더 아껴주고 사랑할 거야.

그저 사랑받고
싶었을 뿐

　네가 연락을 안 해도 투정 부리지 않고 내가 먼저 연락을 했어. 네가 일방적으로 얘기를 할 때도 이해심을 발휘해서 너의 얘기를 끝까지 들어줬어. 자존심 같은 거 세우지 않고.

　어느 날 너에게 그동안 쌓인 서운함을 말했는데 너의 반응은 싸늘했어. 우리 사이에 아무런 문제가 없는데 왜 예민하게 반응하냐면서. 그런 대화가 몇 번 반복되자 너는 참지 못하고 날카롭게 날을 세우더라.

　정말 우리 사이에 아무런 문제가 없는 걸까. 나도 그랬으면 좋겠어. 하지만 네가 옆에 있어도 외롭고 너와 헤어져 집으로 향할 때는 밀려오는 공허함을 주체할 수가 없어.

　서운한 건 네가 나를 외롭게 놔두고 공허함을 채워
주지 않아서야. 내가 너에게 바라는 건 나를 소중하게
생각하고 진심으로 사랑해 달라는 것, 오직 그 한 가지
뿐이야.

나도 아직
나를 모르겠는데

　나를 낳아서 길러주신 부모님도 내 속을 모르겠다고
해. 친한 친구들도 가끔 내가 낯설게 느껴진다고 해.
심지어 매 순간 나와 함께하는 나조차도 가끔은 나를
모르겠어.

　그런데 겨우 서너 번 만난 네가 나에 대해 전부를 아
는 것처럼 얘기하니 어떻게 반응해야 할까.

　참 난감해. 나에 대해 잘 알지도 못하면서 넘겨짚는
너 때문에.

사랑을 확인하고
싶은 마음
- - - - - - - -

마음은 보이지 않아. 얼마나 큰지, 얼마나 작은지 짐작조차 할 수 없어. 크기뿐 아니라 깊이도 넓이도 알 수 없어. 그런 마음을 보여 달라고 하면 어떻게 보여줘야 할지. 내 마음은 이 정도인데 너의 마음은 어느 정도인지 알려 달라고 하면 어떻게 알려줘야 할지.

네가 보여 달라, 알려 달라고 하니까 처음에는 '하늘만큼 땅만큼'이라고 했지만 자꾸 보채니까 나도 모르게 짜증이 나기도 해.

솔직히 마음은 언제든 변할 수도 있는 건데 자꾸 확인하려고 하니까 괴로워.

좋아하면 그냥 좋아해. 좋아한다고 상대에게 좋아
해 달라고 요구할 수는 없는 거잖아. 좋아하면 계산하
지 말고 아낌없이 전부 줘. 상대에게 좋아하는 마음을
받은 만큼 돌려 달라고 하지 말고.

사랑을 준 만큼
받고 싶은 당신에게
- - - - - - - - - - - - - - - - - - - -

　내가 사랑을 준 만큼 너에게도 사랑을 받고 싶었어. 어느 때는 내가 준 사랑 이상으로 너에게 듬뿍 사랑받고 싶었어. 그런데 내가 원하는 것 이상으로 너에게 사랑을 받아도 만족할 수가 없었어. 그 사랑을 고마워하지 않고 당연하게 여겼어. 욕망이란 만족이 없는 것 같아.

　사랑은 많이 받기를 기대하면서 주는 게 아니라 좋아하기에 아낌없이 주는 것이란 생각이 들었어.

　꽃을 좋아하는 건 꽃이 나에게 뭔가를 해주기를 바라거나 꽃이 나를 사랑해주기를 바라서가 아니잖아.

내가 꽃을 좋아하니까 꽃을 바라보는 것만으로도 기분이 좋아지는 거잖아.

　내가 꽃을 좋아하는 마음으로 너를 좋아할 수 있다면, 받을 것을 기대하지 않고 주는 사랑을 할 수 있다면, 설령 네가 나를 좋아해주지 않아도 나는 너를 충분히 좋아할 수 있을 것 같아. 결국 그것이 너를 사랑하는 일이고 나를 사랑하는 일이기도 해.

지금 사랑을
못 하는 이유

네가 매력이 없어서 지금 사랑을 못 하는 건 아니야. 너의 모습에 매력을 느끼는 사람을 아직 못 만났기 때문이야. 너의 성격과 취향, 가치관을 있는 그대로 존중해주는 사람을 아직 못 만났기 때문이야.

아이는 공부를 잘하고 부모님 말씀을 잘 들어서 사랑받는 게 아니야. 공부를 못 해도 원하는 모습이 아니어도 무조건 사랑해주는 부모가 있기 때문이야.

그처럼 너의 모습을 있는 그대로 좋아하고, 어떤 상황에서도 너의 마음을 배려해주는 사람이 너에게 다가올 거야. 자기가 좋아하는 모습으로 네가 바뀌기를 기

대하는 사람이 아니라 조건 없이 오직 너라는 이유로
좋아하는 사람을 만나게 될 거야.

그런 사람이 나타나면 놓치지 말고 꽉 붙잡기를 바
라. 너를 사랑하고 행복하게 해줄 사람이니까.

사랑 앞에서
망설일 때

너에게 솔직해지는 건 쉽기도 하고 어렵기도 해. 나는 너에게 좋아한다고 솔직하게 말하고 싶어. 하지만 네가 나를 어떻게 생각하는지 알 수가 없어서 망설이고 있어. 그냥 솔직하게 좋아한다고 말을 하면 되는데 그걸 못 해서 마음이 괴로워. 내 마음을 있는 그대로 보여줘도 될까.

너는 어쩌면 내 마음을 알고 있는지도 모르겠어. 너만 생각하고 너만 바라보고 네 옆에만 서성이는데 그걸 모르지 않을 거야.

나는 짝사랑만 하고 싶지 않아. 내 사랑은 순간의 감

정이 아니야. 내가 좋아한다고 말해주기만을 네가 기다리며 애태우고 있으면 좋겠어. 그럼 지금이라도 당장 너에게 좋아한다는 말을 할 수 있을 텐데.

내가 좋아한다는 말을 하지 못하면 네가 나에게 다가오는 시간도 느려지겠지.

너는 매력이 있어.

너는 사랑스러워.

너는 괜찮은 사람이야.

용기 내서 말해 봐.

좋아한다고.

적당한
거리가 필요해

　너와 조금 친해진 것 같아. 전보다 말과 행동을 조심스럽게 하지 않고, 스스럼없이 속내를 털어놓기도 해. 하지만 친한 것과 함부로 대하는 건 다른 것 같아. 가까운 사이가 되었다고 해서 서로 막 대하면 마음이 점점 멀어질 수도 있어.

　나는 너와 붙어 있는 걸 좋아하지만 때로는 손이 닿을 듯 말 듯한 거리에서 서로를 바라봤으면 좋겠어. 가까운 사이라도 조금 떨어진 거리에서 바라보지 않으면 좋았던 관계가 한순간에 무너질 수도 있으니까.

진실한
사랑의 힘

- - - - - - - - - -

사랑을 하면서 나는 많이 달라졌어. 어둡던 얼굴이 밝아졌고, 웃음이 많아졌고, 자신감이 생겼고, 힘들었던 관계도 편안해졌어. 이건 사랑의 힘인 것 같아.

사랑을 하면서도 얼굴을 찌푸리고, 의욕이 없고, 마음이 힘들다면 정말 사랑하는 걸까? 나는 아니라고 말하고 싶어.

너를 사랑하면서 나는 무엇보다 나를 더 좋아하게 되었어. 너와 함께 있으면서 저절로 그렇게 되었어.
진실한 사랑은 상대방을 좋아하는 것뿐만 아니라 내가 나를 좋아하게 만드는 것 같아.

사랑은
속일 수 없다

너 앞에서 사랑하는 감정을 숨기려고 해도 그게 잘
안 돼.

내 얼굴 표정이, 목소리가, 내 기분이 꽃처럼 활짝
피어나거든.

연애를 많이
해보라는 말

- - - - - - - - - - - - -

　사람을 많이 만나 봐야 나와 어울리는 사람을 알 수 있다는 말은 절반의 진실인 것 같아. 옷은 여러 스타일의 옷을 입어보면 나에게 어울리는지 알 수 있어. 하지만 사람은 다양하게 많이 만나 봐도 어떤 사람이 나와 어울리는지 확실히 판단할 수가 없어. 사람은 함께 오랜 시간을 지내봐야 알 수 있는 거니까.

　연애 경험이 많으면 사랑을 잘할까? 아니야. 사람은 모두 다르고 연애 스타일도 다 다르니까. 연애 경험이 많아도 모든 사랑은 처음 하는 거야.

마음이
이끄는 대로

좋아하고 싶으면 좋아하세요. 미워하고 싶으면 미워하세요. 싫어졌으면 싫어하세요. 이유가 있을 수도 있고, 이유 없이 그럴 수도 있어요. 그냥 마음이 이끄는 대로 하세요.

서로 안 맞아서 헤어지고 싶은 마음이 자꾸 들면 그냥 헤어지세요. 조금 다퉜지만 좀 더 단단한 관계로 나아가기 위한 과정이란 생각이 들면 그냥 만나세요. 지키고 싶은 사랑이라면 그냥 지켜주세요.

사랑은 마음이 시작한 것이니 마음이 이끄는 대로 하세요.

친구의 범주는
다양하다

    친구라고 해서 다 똑같지는 않아. 일 년에 한두 번 연락하는 친구가 있고, 한 달에 한두 번 만나는 친구가 있고, 전화해서 시간이 맞으면 언제든 만날 수 있는 친구도 있어.

    자주 만나도 취미만 공유하는 친구가 있고, 허물없이 지내는 친구도 있어.

    모든 관계는 상대적인 것 같아. 나는 아주 친하다고 생각했는데 상대방은 나를 많은 친구 중에 한 사람으로 여길 수도 있어.

    나는 어떤 친구에게든 최선을 다할 뿐 나를 어떤 범

주의 친구로 생각하는지 따져보지 않아. 애초에 배울 점이 없는 사람은 친구로 삼지 않으니까. 만약 그런 사람을 친구로 둔다면 나는 성장할 수 없을 테니까. 그래서 인생의 큰 자산인 좋은 친구는 곁에 두고 가까이할 만한 사람인지 현명하게 선택해야 해.

말투
하나 때문에

　너와 다툴 때는 아주 사소한 게 문제가 되곤 해. 그
건 바로 말투야. 말투를 조금 부드럽게 했으면 다투지
않았을 일인데 퉁명스럽게 말해서 결국 다투게 되는
것 같아.

　말투가 부드럽지 않으면 일단 대화를 하고 싶지 않
아. 무슨 말을 하든 듣고 싶지 않아. 말투 때문에 기분
이 상해서.

　부드럽고 따뜻한 말투로 얘기하려면 몸 상태를 좋게
유지할 필요가 있어. 아무래도 몸이 지쳤거나 피곤하
면 짜증을 내거나 화를 내기 쉬우니까.

껍데기만
남은 사랑

우리 관계는 언제부터 이렇게 멀어진 걸까. 너와 나의 다름을 인정하는데도 잘 안 맞는다는 생각만 들어. 맞추려고 노력할수록 실망이 커져 버리는 느낌이야. 만나면 상처 주는 말을 주고받고 어쩔 수 없다는 체념을 하게 돼.

어쩌면 서로 안 맞는다는 것은 핑계이고 이젠 사랑하지 않는 것 같아. 껍데기만 남은 사랑 같아. 뿌리마저 썩어서 생명이 죽어가는 관계가 된 것 같아.

서로 그것을 알면서도 관계를 유지하는 게 무슨 의미가 있을까. 사랑이 없는데.

Chapter 2

잘 살고 있는 걸까?

처음 하는
일이 서툴더라도
- - - - - - - - - - - - - - - -

운전을 처음 배울 때 잘하지 못함을 알면서도 서툴고 어리숙한 모습을 놀리는 사람이 있었어. 자기 초보 시절은 까맣게 잊고 빈정거리며 자꾸 놀리니까 얄미웠어. 처음 해보는 일이라서 가뜩이나 신경이 곤두서는데 조금만 잘못해도 실망하고 못 미더워하니 더 자신감을 잃었어.

못하는 일을 반복해서 하면 익숙해지고 경험이 쌓여서 잘하게 되는 것이지 처음부터 잘하기를 바라는 건 욕심이잖아.

한 번도 안 해 본 일을 처음 하는 사람에게는 이렇게 말해주면 좋겠어. 조급해 하지 말고 기본부터 차근차근 배우라고. 지금 네가 서툴게 하는 일을 그럭저럭 잘하는 사람들은 특별해서가 아니라 자꾸 하다 보니 요령이 생긴 거라고. 그러니 기죽지 않아도 된다고. 시행착오는 당연한 거니까 불안해하지 말라고.

무엇보다 이 말을 듣고 싶어. 너는 지금까지 잘해왔으니 이번에 새롭게 도전하는 일도 충분히 잘 해낼 수 있을 거라는 말.

서툴고 실수하더라도

처음엔 다 그런 거니까

나를 따뜻하게 보듬어주고 싶어.

조금만 잘해도

나에게 잘했다고 말해주고 싶어.

불안함 없이 차근차근 배워 나갈 수 있게.

무기력한
날에는

손가락 하나 까딱거리기 싫은 날이 있어. 이런 날에
는 스트레스나 풀자며 친구들이 불러내도 집밖으로 나
가는 것조차 귀찮아서 혼자 집에 머물곤 해.

나는 의욕이 없으면 지치고 힘들어서 그런 거라고
생각하지 않아. 항상 의욕이 있어야 하는 건 아니잖아.
의욕이 없다고 해서 나에게 문제가 있는 것도 아니고
충분히 그럴 수 있는 거니까.

의욕이 없으면 그 상태로 지내는 것도 나쁘지 않은
것 같아. 지금까지 의욕 없이도 편하게 살아왔는데 의
욕이 있어야만 한다는 생각이 오히려 나를 더 피곤하

게 하고 지치게 할 수도 있어.

의욕은 필요할 때 저절로 생기는 것이니 의욕이 없
을 때는 충분히 쉬면서 나를 돌봐주고 싶어.

슬픔이 말을
걸어올 때

아침에 혼자 영화를 보러 가곤 해. 그 시간에는 영화관에 사람이 거의 없어서 마음 편히 영화에 몰입할 수 있어. 웃기도 하고 마음속에 고여 있던 슬픔을 마주하기도 해. 그 순간에는 내 마음을 들여다보게 돼.

웃음은 편하게 내보였지만 눈물은 속으로 삼킬 때가 많았어. 슬픔이 나를 무너지게 할까 봐 눈물을 애써 참았어. 영화를 보면서 뜨거운 눈물을 하염없이 쏟아내면 무겁던 마음이 조금은 가벼워지는 것 같아.

영화관을 나서면서 이런 생각을 해. 불쑥 다가오는 슬픔을 돌봐야겠다고. 그동안 아프고 슬픈 일이 많았지만 내 곁에 남아있는 사람들이 주는 힘으로 새로운 날을 맞이할 수 있었다고. 슬픔이 말을 걸어올 때 서로 기대어 따뜻한 마음을 나눴다고.

지금 내 아픔과 슬픔도 영화 속 사람들처럼 언젠가는 다 괜찮아지겠지.

외로워지는 날

힘든 일이 생겼어. 도저히 뛰어넘을 수 없는 벽에 갇힌 느낌이야. 어떻게 해야 할지 막막해. 이럴 때는 나 혼자라는 생각을 해. 마음 둘 곳 하나 없어서 한없이 외로워.

그런데 생각해보면 그 견고한 벽은 내가 만든 거였어. 더는 상처받지 않겠다고 스스로 그 벽 안쪽에서 나오지 않았으니까. 사람들이 그만 나오라고 해도 꼼짝하지 않았어. 그러고는 힘든 일이 생기면 혼자서 너무 진지하게 생각하고 열심히 하는 나를 스스로 진저리칠 만큼 들볶았어.

마음을 여는 일이 왜 그토록 힘들었을까. 내 삶이 고단하고 외로웠던 것은 마음을 굳게 닫고 사람들이 내미는 손을 뿌리쳤기 때문이 아닐까. 그러지 않았다면 외로움에 지지 않게 내 마음 한 귀퉁이를 잡아주는 사람들과 함께 힘든 일을 가볍고 경쾌하게 이겨낼 수 있었을 텐데.

완벽하지 않은
것들에 대한 사랑

우리는 완벽할 수 없어. 그런데도 좋은 점은 잊고 사소하게 마음에 안 드는 부분에 신경을 써. 특히 좋아하는 사람이 부족함이 없었으면 하는 기대감이 있어. 그래서 사소한 것도 고쳐주기를 바라지. 나 스스로 싫어하는 모습을 고치는 게 얼마나 힘든 일인지 알면서도.

좋아하는 이에게 충고를 할 때가 있어. 그런데 그런 충고를 듣고 바뀌는 사람은 거의 없어. 오히려 불쾌하게 생각하고 너나 잘하라고 반응하기 쉬워.

상대방이 내 바람대로 되지 않으면 그 사람이 괴로운게 아니라 결국 지치고 감정이 상하는 것은 내가 돼.

좋아하는 사람이 내가 원하는 대로 바뀌면 행복할

까? 그 모습을 바라보는 나는 행복할까? 나는 내 모습대로, 좋아하는 사람은 지금 그 모습대로 살아야 행복한 것 아닐까.

누구나 완벽할 수 없으니 상대방의 부족한 점은 적당히 눈감아주고 '지금 모습도 나쁘지 않아.' '괜찮아, 이만하면 충분해.' 이런 마음으로 따뜻하게 사랑해주는 편이 낫지 않을까.

힘든 시간을
견디고 있다면

　힘든 시간을 견디고 있는 사람에게는 어떤 말을 해 줘야 위로가 될지를 생각하게 돼. 이럴 때 나는 힘들 때 어떤 말이 위로가 되지 않았는지를 떠올렸어.

　그중의 하나는 "너보다 더 힘든 일을 겪어 봐서 아는데……"라는 말이었어. 이 말은 힘든 시간을 잘 이겨내라고 좋은 의도로 해 주는 말이지만, 그 정도 힘든 건 아무것도 아니니까 엄살떨지 말라는 의미로 들릴 수도 있어.

　힘듦의 모양과 깊이는 다르고, 견딜 수 있는 마음의 그릇도 사람마다 다르잖아. 그러니 '더 힘들었다'는 말은 틀린 것 같아. 그 사람이 견딜 수 있는 것을 나는 견딜 수 없을지도 모르는 거니까. 어쩌면 "너보다 더 힘든 일을 겪어 봐서 아는데……"라고 얘기하는 사람도 그 시간이 지나서 괜찮아진 것일 뿐 그 당시에는 죽고 싶을 만큼 힘들었을 거야.

그러니 그 정도 힘든 거 가지고 엄살떨지 말라는 식으로 얘기하지 않았으면 좋겠어. 오히려 뻔한 말보다는 힘든 일을 겪고 있는 사람과 함께 버텨주겠다고 마음먹는 것이 더 위로가 될 수 있다고 생각해. 그 사람이 이젠 괜찮아졌다고 스스로 말할 때까지 따뜻하게 손을 잡아주고 싶어.

막막한 현실이지만

너무 걱정하지 말기를.

힘든 일을 이겨낼 수 있는

자신을 믿기를.

다시 밝은 날이 올 거라고

희망을 가지기를.

몸과 마음이
다 지쳤다

　과로로 쓰러져 병원에서 환자복을 입고 지낸 적이
있어. 소식을 들은 사람들이 문병을 와서는 혀를 끌끌
차며 말했어.
　"미련하긴. 열심히 일한다고 누가 알아주는 것도 아
닌데."
　틀린 말이 아니었어. 오늘 할 일을 내일로 미룬다고
해서 지구가 거꾸로 돌아가는 일은 일어나지 않을 테
니까.

　몸이 고달플 정도로 지나치게 일을 하면 몸과 마음이
다 지칠 수밖에 없어. 그것을 알면서도 과로하는 이유
는 뭐든지 잘해야 한다는 생각에 나를 돌보지 않기 때

문이야. 나에게 너무 엄격해서 약간의 실수에도 너그럽지 못하기 때문이야. 남들이 기대하는 것 이상으로 인정을 받고 싶은 마음에 긴장의 끈을 놓지 않고 계속 힘든 걸 참으면서 일하기 때문이야. 한마디로 열심히 일할 줄만 알았지 편안하게 쉬지 않기 때문이야.

몸과 마음이 지치면 좋아하는 사람들이 만나자고 해도 귀찮아지고, 친구나 동료가 별 뜻 없이 한 말에도 예민하게 반응하게 돼. 좋아하던 일도 싫어지고. 심지어 우울해져서 내가 못나고 한심하게 느껴지기도 해. 우리가 일을 하는 이유는 남들에게 인정받기 위해서가 아니라 행복하기 위함이란 걸 잊지 않았으면 해.

내 몸은 내가 돌봐야 해. 몸이 힘들다는 신호를 보낼
때 무시하지 않았으면 좋겠어.

그동안 많은 일을 하느라

너무 고생했어요.

오늘만큼은 편히 쉬세요.

방전된 몸과 마음이

충전될 수 있도록.

누구나 바라고
기대하는 것

　돈을 많이 벌고 싶고, 인정받고 싶고, 성공하고 싶고, 명예를 얻고 싶은가요? 그게 바라고 기대하는 건가요?

　저는 무엇보다 관심과 사랑을 주고 싶어요. 아낌없이 주고 싶어요. 그러면 돈, 인정, 성공, 명예는 저절로 얻어진다고 생각해요.

　그러나 관심과 사랑을 주는 일이 쉬운 것은 아니에요.

다정한
말 한마디

속상해서 마음이 언짢은 사람에게는 더 신경 써서 말을 해 줘. 말 한마디라도 잘못하면 마음이 더 상할 수 있으니까.

불안해서 신경이 예민해진 사람에게는 너그럽게 말을 해 줘. 말 한마디라도 다정하지 않으면 더 불안해질 수 있으니까.

힘든 시간을 보내고 있는 사람에게는 더 따뜻하게 말을 해 줘. 말 한마디라도 차갑게 하면 마음이 더 힘들 수 있으니까.

나를 일으켜 세워 주었던 건 따뜻하고 다정한 말 한마디였어.

넘어졌을 때는

넘어졌다고 창피해 하거나 자신을 자책하지 마세요. 넘어졌으면 다시 일어나서 가던 길을 계속 가세요.

당신은 한 발짝도 움직이지 않은 채 제자리에 머물러 있었던 게 아닙니다. 험난한 길인 줄 알면서도 가는 길이었습니다. 외로운 길이지만 혼자 씩씩하게 걸었습니다. 남들이 인정해주지 않아도 열심히 걷다 보니 넘어진 거예요.

타인의 시선을 신경 쓰지 않고 남들이 알아주지 않아도 가고 싶은 길을 가는 당신의 모습은 너무나 멋있습니다. 넘어졌어도 '넘어질 수도 있지 뭐' 하면서 웃어 넘기는 당신의 모습은 너무나 멋있습니다.

인생길은 누구나 처음 가보는 길입니다. 살면서 넘어지지 않는 인생은 없습니다. 헤매지 않는 인생은 없습니다.

당신은 넘어지고 길을 헤매면서 많은 추억을 가진 사람이 되었습니다. 남은 여행도 즐겁고 행복하시기를.

넘어졌을 때는 이것만 기억하세요.

당신은 다시 일어날 수 있을 만큼 강하다는 것.

지금까지 수없이 넘어졌는데도 포기하지 않았다는 것.

당신을 응원해주는 좋은 사람들이 있다는 것.

잘 살고
있는 걸까?

  하는 일이 안 될 때에는 지금 잘 살고 있는 건지, 제대로 길을 가고 있는 건지, 이 길이 정말 맞는 길인지 몰라서 불안하고 답답해. 이럴 때는 문제가 안 풀릴 때 맨 뒷장에 있는 정답지를 보듯 참고할 수 있는 해답이 있었으면 좋겠어.

  뭐 하나 쉬운 게 없어. 나만 힘든 게 아니라 다른 사람들도 다 마찬가지겠지.

  이럴 때 힘들고 답답해서 푸념을 하기 시작하면 나중에 원망하는 사람이 되기 쉬워. 인생은 답이 없어서 두렵고 불안하지만 한편으로는 그래서 재미있다고 받아들이면 어떨까. 마치 놀이공원의 롤러코스터를 타는 느낌이랄까.

남보다 빠르고 느린 거에 상관없이

내 속도로 가면 돼.

한 발 한 발 내딛다 보면 뭐라도 되겠지.

꼭 뭐가 되어야 하는 것도 아니고.

지금 방황하고
있다면

   길을 헤맬 때는 방황한다고 생각했어. 시간을 낭비하는 것 같기도 하고. 그런데 방황은 내 가능성을 고민하고 내가 가고 싶은 길을 찾는 과정이지 시간을 허비하는 것은 아니더라.

   나는 방황을 할 때 한 가지 깨달은 게 있어. 지금 안 하면 후회할 것 같은 일부터 시작해야 한다는 것. 그렇게 당장 하고 싶은 일부터 하다 보니 길을 못 찾아서 헤매기는 해도 크게 불안하지는 않았어.

   때로는 이것저것 재지 않고 무식하게 저질러 보는 것도 필요한 것 같아. 어차피 길이란 것은 나아가면서 만들어지는 거니까.

내가 가지 않은 길을 선택했다면

지금보다 행복했을까?

그건 알 수 없잖아.

그때는 그 선택이 최선의 선택이었어.

할까 말까
망설여질 때

　하고 싶지 않은 일이라면 금방 마음을 접었겠지. 망설이는 것은 하고는 싶은데 이런저런 이유로 고민을 하는 거잖아.

　할까 말까 망설여질 때는 일단 해보라고 권하고 싶어. 고민만 하다가 시작도 못 하는 것보다는 일단 해보는 게 더 나을 수도 있어. 왜냐하면 결과가 어떠하든 해보고 싶었던 일을 적어도 한 번은 해본 사람이 되는 거니까. 나중에 왜 그때 그 일을 하지 않았을까 이런 미련이나 후회는 남기지 않을 테니까. 해보고 난 뒤에 아니면 그만둬도 되는 거니까.

잘하려는 마음

너는 모두에게 좋은 사람이 되고 싶어 해. 그게 나쁜 건 아니야. 그 마음을 충분히 이해해. 그런데 지나칠 때는 안쓰럽게 보여. 네가 할 수 있는 것 이상으로 사람들을 대했는데 돌아오는 게 고마움이 아니라 더 큰 기대라면 네가 상처받을 수도 있어서.

뭐든지 잘하려고 하는 너에게는 약간의 불안감이 있는 것 같아. 정말 좋아해서 잘하려는 게 아니라 혹시 사람들이 싫어하면 어떡하지, 인정받지 못하면 어떡하지, 이런 불안감 때문에 잘해야 한다고 생각하는 것 같아.

너는 이미 충분히 잘하고 있어. 너무 잘하려고 애쓰지 않아도 괜찮아. 불안한 마음을 갖지 말고 그냥 네가 할 수 있는 만큼만 했으면 좋겠어. 그리고 네가 못하는 게 있으면 누구나 완벽할 수 없음을 인정하고 자책하지 않았으면 해.

아프게 하는 말을
버릴 수 있다면

　마음을 아프게 하는 사랑은 안 하고 싶어. 상처를 받는 사랑은 안 하고 싶어. 그런데 요즘 네가 하는 말이 내 마음을 아프게 해. 그런데 너는 나에게 상처 준 말을 전혀 기억하지 못하더라. 그냥 기분이 안 좋아서 했던 사소한 말이라고 생각하겠지.

　네가 한 말이 나에게 상처로 남았다고 얘기하면 너는 진심으로 미안하다고 할까. 아니면 그런 말로 상처를 받는 나를 속 좁은 사람으로 여길까.

　누구나 말실수는 할 수 있어. 그런데 사소한 말이라도 내가 상처받았다면 다친 마음을 달래주면 좋겠어.

　네가 상처 주는 말을 한 다음에 스스로 합리화하려

고 애쓸 때는 이런 생각이 들어. 마음을 아프게 하는 말을 듣자마자 버릴 수 있는 쓰레기통이 있으면 좋겠다고. 그러면 네가 한 말에 기분이 상하거나 너와 함께 하는 소중한 시간을 다툼으로 보내지 않을 테니까.

아닌 건 아니라고
말해도 괜찮아

　우리는 의견이 같은 경우도 있고 다른 경우도 있어. 의견이 같다고 너와 잘 맞고 의견이 다르다고 너와 안 맞는 건 아니야. 의견은 의견일 뿐이야.

　나는 생각이 다른데도 우리가 잘 지내기 위해서 할 말을 참는 게 더 안 좋다고 생각해. 그건 나를 존중하는 것도 아니고 그렇게 한다고 우리 관계가 더 좋아지는 것도 아니야. 생각이 다르면 얼마든지 얘기하고 그 의견을 존중해주고 서로 다른 부분에서 배울 수 있었으면 좋겠어.

　의견 차이 때문에 언쟁을 시작하는 사람과 마주할 때마다 자기 의견은 존중받고 싶어 하면서 내 의견은 무시하는 것 같아서 기분이 안 좋았어. 자기 의견은 다 옳고 내 의견은 다 틀린 식으로 말하니까.

　나는 너와 얘기를 할 때 설령 네 말이 틀렸다고 해도 틀렸다고 말하지 않아. 누구나 진실 여부를 떠나서 자기가 하고 싶은 말을 할 수 있는 자유가 있어. 그러니 네가 말을 할 때는 내가 어떤 반응을 보일까 일일이 마음을 쓰지 않고 자유롭게 표현하면 좋겠어. 그럴수록 우리는 얘기를 하면서 서로의 생각을 많이 알고 더 좋아할 수 있을 것 같아.

불안하고
초조할 때

사람들은 행복해 보이는데 나만 불행한 것 같을 때.

애를 써보지만 계속 제자리에서 맴도는 것 같을 때.

지금만 그런 게 아니라 계속 그럴 것 같을 때.

잘하고 싶은데 노력한 만큼 잘하지 못할 때.

좋아하는 사람이 나를 떠날 것 같을 때.

내가 괜찮은 사람인데도 스스로 믿지 못할 때.

이럴 때 불안하고 초조해진다.

궁금해

너의 외모도 중요하지만 성격, 취향, 가치관이 더 궁금해.

너의 스펙도 중요하지만 네가 자신을 좋아하는지그것이 더 궁금해.

너의 명함에 적힌 회사와 직급도 중요하지만 왜 그일을 하는지, 일을 대하는 태도가 더 궁금해.

무엇보다 네가 성공했는지보다 지금 행복한지가 더궁금해.

일이 풀리지 않을 때
기억해야 할 세 가지

내 마음대로 되는 게 없을 때 괴롭고 힘들고 막막할 수 있어. 이럴 때는 세 가지만 기억하자.

첫째, 내 마음대로 되지 않는 게 내 잘못이 아니라 지극히 정상적이라는 것.

둘째, 지금 하는 일을 할 수 있는 만큼 했는데 아니다 싶으면 다른 선택을 해도 괜찮다는 것.

셋째, 일이 안 풀리는 게 꼭 나쁜 것만은 아니라는 것. 그 힘든 시간에 행복이 무엇인지 조금은 느낄 수도 있을 테니까.

지금까지 잘 살아낸 것만으로도 대견하고

지금도 잘 살고 있어서 보기 좋고

앞으로도 잘 살아가리라 믿어요.

행복하게
살고 싶은데
- - - - - - - - -

행복의 기준은 없어. 그런데 우리는 행복에 대한 기대치가 너무 높은 것 같아. 무조건 행복해야 한다는 강박관념 때문에 행복해도 행복하지 않다고 느끼는 건 아닐까. 뭔가 부족하고 결핍된 것 같은 느낌은 그런 생각에서 비롯되는 것 같아. 남보다 잘살면 행복하고 남보다 못살면 불행하다는 생각 말이야.

돈이 없어서, 취직을 못 해서, 하는 일에 만족할 수 없어서……. 이렇듯 행복하지 않은 이유는 너무 많아.

만약 네가 행복하지 않다면 오늘은 하고 싶은 대로 시간을 보내 봐. 책을 읽고 싶으면 읽고, 게임을 하고 싶으면 하고, 영화를 보고 싶으면 보고, 맛있는 것을 먹고 싶으면 먹고, 자고 싶으면 자고, 친구를 만나고 싶으면 만나고.

네가 하고 싶은 일은 하고, 하기 싫은 일은 안 하니까 행복했어? 행복은 대단하고 거창한 일로 느끼기보다는 작고 사소한 일에서 얻는 만족감인 것 같아. 결국 네가 행복하다고 느끼면 행복한 거야.

행복하지 않다는 너에게 말해주고 싶어. 행복은 선택이라고. 행복하게 살고 싶다면 너만의 행복을 찾으라고. 네가 좋아하는 게 뭔지 알고 그것으로 네 삶을 채워 나가라고.

걱정해서
걱정이 없어지면

- - - - - - - - - - - - - - - -

　학창 시절에 나는 걱정을 많이 하는 편이었어. 잘되면 잘돼서 걱정, 안되면 안돼서 걱정을 했어. 늘 불안해서 그랬던 것 같아.

　나름 열심히 공부했는데 기대한 만큼 성적이 안 나오고, 결과가 안 좋으면 억울한 마음이 들어야 하는데, 부모님이 나에게 뭐라고 하실지 걱정하며 마음을 졸였어. 마치 내가 잘못해서 그런 것처럼.

　또 노력한 것 이상으로 좋은 결과가 나왔어도 잠시 기뻐하고 걱정을 하기 시작했어. 대학 등록금은 어떻게 마련하지…….

　걱정해서 걱정이 없어지면 걱정이 없겠네, 이런 말

이 있어. 정말 그렇지. 걱정한다고 해결되는 일은 없는데 말이야.

지금도 걱정은 하지만 학창 시절만큼은 안 하는 것 같아. 내가 노력했는데도 안되는 일은 걱정하기에 앞서 '어쩔 수 없는 일이야'라고 넘어가곤 해. 그렇게 하는 이유는 오래전에 걱정했던 일을 지금은 기억조차 못 하고, 그 일이 해결되었든 안 되었든 걱정했던 일이 지금 내 삶에 대단한 영향을 미치지 않기 때문이야.

나의 노력과 상관없이 어쩔 수 없이 이미 일어난 일들, 그리고 아직 일어나지 않은 미래의 일들에 일일이 걱정하지 않고 좀 편하게 살고 싶어. 어차피 될 일은 되고 안될 일은 안되니까.

사랑은 여행하고
스며드는 것

여행을 가서 그동안 잘 몰랐던 것에 실망하고 싸우고 관계가 멀어지는 커플이 있어. 그런데 우리가 함께 떠난 이번 여행은 서로 잘 어울리는 것을 확인하고 더 가까워지는 계기가 된 것 같아.

함께 여행하면서 너를 가까이서 자세히 볼 수 있었어. 너는 예쁜 모습만 보여주려고 애쓰지 않고 자연스럽게 너를 보여줬어. 그래서 그전에는 잘 몰랐던 것들을 조금 더 알게 된 것 같아.

이번 여행이 행복했던 이유는 우리가 좋은 곳으로 떠나서가 아니라 사랑해서 행복한 우리 두 사람이 떠난 여행이었기 때문이었어. 연애는 혼자 걷는 게 아니라 둘이 걷는 것이고, 사랑은 여행하고 스며드는 것 같아.

후회할지
모르지만

그 일을 하지 않았으면 좋겠다고 네가 말렸지만 나는 그 일을 하고 싶었어. 지금 안 하면 나중에 후회할 것 같았어. 그래서 그 일을 했을 뿐이야. 사랑도 그랬지. 너는 그 사람을 가까이 두지 말라고 했지만 나는 최선을 다해서 사랑했고 안타깝게도 맺어지지는 못했어. 그 일을, 그 사랑을 네가 하지 말라고 했을 때 너의 말을 들었다면 나는 지금 더 행복했을까?

나는 이렇게 생각해. 하고 싶은 일과 사랑을 하지 않고 나중에 뼈아프게 후회하는 것보다 해보고 싶은 건 하는 게 낫다고. 결과를 떠나서 최선을 다한 일과 사랑은 미련이 남지 않는다고.

그동안 망친 일도 있고 사랑하고 상처받은 일도 있어. 앞으로도 그럴지 모르겠어. 그런데 그 시간에 어떻게 살 건지 진지한 고민을 했던 것 같아. 일을 그르치면서 조금은 잘할 수 있게 된 것 같고, 상처를 받으면서 남에게 상처 주는 일이 얼마나 끔찍한 일인지 알게 됐어. 이건 하지 않았으면 절대로 알 수 없었던 거야.

　두렵지만 하고 싶은 일을 하고, 상처받을 수도 있지만 사랑하면서 솔직히 가끔은 후회할 때도 있었어. 그런데 그 과정을 겪었기에 조금은 더 나은 선택을 하면서 살아가는 것 같아.

오늘도
고생 많았어요

　진도가 안 나가는 공부를 하느라 고생했어요. 제대로 안 풀리는 일에 최선을 다하느라 고생했어요. 상처받는 관계를 참아내느라 고생했어요.

　지치고 피곤한 몸으로 밤늦게 집에 왔지만 힘들게 오늘 하루 버텨낸 당신에게 따뜻한 말 한마디 건네는 사람이 없어서 많이 외롭죠?

　당신은 남들이 알아주지 않고, 남들이 위로해주지 않아도 그동안 힘든 일을 잘 이겨냈어요. 마음 아픈 일도 잘 견뎌냈어요. 어떻게 살아야 할지 막막할 때도 한 걸음 내딛는 걸 포기하지 않았어요. 당신이 정말 고맙고 자랑스러워요.

　오늘도 고생 많았어요. 편안한 밤 되세요.

결정을 하지 못하고
머뭇거릴 때
- - - - - - - - - - - - - - - -

    결정할 일이 있을 때는 결정하고 난 뒤에 온전히 책임을 감당할 자신이 없어서 망설이곤 해. 내 판단을 믿지 못해서 친한 사람들에게 물어보기도 하고 들은 조언이 일리가 있으면 의견을 수용하고 결정할 때도 있어. 물론 이런 결정도 책임은 내가 져야 하는 것은 똑같아.

    그런데 내가 결정할 때 패턴을 보니 처음부터 될 가능성이 낮으면 포기한 일이 너무나 많았어. 지레짐작으로 가능성을 따지고 포기한 결과가 지금의 내 삶인 셈이야. 잘 될 가능성은 낮아도 내가 진정 하고 싶은 일이었다면 했어야 했는데, 이런 후회를 가끔 하기도 해.

삶에 완벽한 답이란 건 없어. 그런데 어떻게 완벽한 선택을 할 수 있겠어. 결정을 하는 순간에는 좋고 옳은 선택이라고 생각했는데 그 결과는 알 수 없었던 거잖아. 선택을 잘못했다면 그것을 인정하고 다시 다른 선택을 하면 되는 것이고.

어느 쪽을 결정하건 온전히 내가 책임을 지겠다는 각오가 되어 있으면 그것이 최선의 선택일 거야. 그래서 무엇이든 결정할 때는 나 자신과 많은 얘기를 하고 진짜 내가 원하는 걸 선택하면 덜 후회하겠지.

한번 결정을 잘못했다고

내 삶 전부가 잘못되는 것은 아니야.

잘못 선택했으면 다시 다른 걸 선택하면 돼.

그 경험은 다른 결정을 할 때도 도움이 될 거야.

할 만큼 했다면

절대 포기하지 말라는 말은 너무 듣기 싫었어. 할 만큼 했는데도 안 되는 것은 포기하고 새로운 것에 도전하는 편이 나을 수도 있는데 절대로 포기하지 말라니. 그래서 그 말이 너무 가혹하게 느껴졌어.

지금 몇 년째 도전하는데도 결과가 신통치 않아서 너무 괴로우면 포기해도 괜찮다고 말해주고 싶어. 다른 길은 얼마든지 많으니까.

그렇다고 너무 힘드니까, 어쩔 수 없으니까 체념하듯 포기하라는 건 아니야. 최선을 다했는데도 안되는 경우에 포기하라는 거지.

남들이 하는 말을 듣고 도망치듯 포기하는 게 아니

라 나 스스로 포기하는 게 낫겠다는 확신이 들 때 포기했으면 좋겠어. 그렇게 포기해야 나중에 후회가 적으니까.

그렇게 포기하면 내가 하고 싶은 일에 도전해 봤으니 시간을 허비한 것도 아니고, 비록 결과는 안 좋았지만 귀중한 경험을 쌓았으니 그것으로 괜찮다고 받아들일 수 있을 거야.

할 수 없을 거라고 미리 포기하지 않고,

할 만큼 해보고 포기하는 게 현명한 포기야.

정말 할 수 있는지 없는지는 해봐야 아는 거니까.

진짜 멋있고
아름다운 사람

　뭐든지 잘하는 사람은 없다. 대부분 평범한데 한두 가지 일을 남보다 상대적으로 잘할 뿐이다.

　처음에 잘한다고 재능이 있다고 볼 수는 없다. 그것은 재능이 아니라 그 사람의 기호나 성향에 가깝다. 어릴 때 피아노를 잘 친 아이가 처음에 재능을 보였다고 해서 나중에도 잘하고 재능을 꽃피우는 건 아니다.

　나는 이런 사람들을 보면 진짜 멋있고 아름답다고 느낀다.

　자기 재능만 믿고 노력하지 않는 사람은 그저 그렇다. 하지만 재능만으로는 자기가 도달하고 싶은 경지에 이를 수 없기에 매일 노력을 아끼지 않는 사람은 멋있다.

　처음에는 평범했지만 한 분야의 일을 계속하면서 좋은 태도로 공부하고 즐겁게 하다 보니 그 일을 잘하게 된 사람은 멋있다.

　남보다 잘하는 것은 없지만 자신을 참 괜찮은 사람이라고 인정하고 좋아하는 사람은 멋있다.

　돈을 많이 벌 수 있는 기회가 주어져도 그것이 자기 철학이나 신념과 다르다면 절대로 타협하지 않는 사람은 멋있다.

자기만의 품격을 갖춘 사람은 멋있다.

내가 진짜 멋있고 아름답다고 느끼는 사람은 힘들고
어렵지만 하루하루 버텨내면서 자신의 삶을 살아내는,
평범하지만 열심히 사는 모든 사람들이다.

외로운 이유

세상에 혼자 있는 것처럼
외로울 때가 있다.

옆에 좋아하는 사람이 없어서가 아니다.
친한 사람이 없어서가 아니다.

스스로 마음의 문을 닫았기 때문이다.

마음의 문을 열면
꽃과 나무, 달과 별도 친구가 된다.

성장하고
싶다면

성장하고 싶다면 세 가지를 생각해 보세요.

첫째, 지금 내가 만나는 사람들이 성장하겠다는 강한 의지가 있는 사람들인지, 그 사람들과 어울리면 자극을 받고 성장하고 싶은 간절함이 생기는지.
둘째, 지금 주변 환경이 성장에 도움이 되는지. 그렇지 않다면 환경을 바꾸고 싶은 의지는 있는지.
셋째, 무엇보다 나에게 진심으로 성장하고 싶은 열망이 있는지.

성장하고 싶은데 성장이 더디다면 이 세 가지 모두가 없거나 하나라도 부족하기 때문입니다.

제 인생에
답이 없어요

    누구보다 열심히 살아온 너에게는 잘못이 없어. 잘 살고 못사는 것에는 정답이 없고 기준도 없어. 각자가 살고 싶은 삶의 목적과 방향이 있고, 사는 이유가 있고, 각자의 고민이 있을 뿐이야.

    다만 네가 행복해 보이는 남의 삶을 부러워하며 '나는 불행하다'고 말하지 않기를 바라. 네가 소중하다는 것을 잊지 않고 너만의 답을 가지고 살아가길 바라. 있는 그대로의 네 모습으로 행복하게.

남을 깔보는 사람

열심히 할 수 있는 만큼 하는 사람에게 더 힘내서 하라고 등을 떠미는 사람이 있다. 잘한 일에는 진심 없는 칭찬을 하면서 못한 일에는 비난을 일삼는 사람이 있다. 잘 못하던 일을 익숙하게 하면 이제야 사람 구실한다며 비아냥거리는 사람이 있다. 나는 이런 사람이 되고 싶지 않다.

열심히 하는 모습을 보면 응원해주고 싶다. 결과가 좋든 안 좋든 그동안 노력한 것을 격려해주고 싶다. 처음에는 잘 못하던 일을 반복해서 잘하면 감탄해주고 싶다. 나는 이런 사람이 되고 싶다. 그렇지 않은 사람이 많기에 더더욱 그런 사람이 되고 싶다.

나는 남을 무시하는 사람이 되고 싶지 않다. 남을 깔보는 사람은 자신이 남보다 잘나서 그런 게 아니다. 남보다 못하다는 열등감이 있어서, 여러모로 자신이 초라하다고 느껴서 남을 무시하는 것이다.

다시
사랑할 수 있을까

　사랑을 안 한 지 꽤 오래되었다. 사랑하는 사람과 헤어진 후로 다시 누군가를 사랑하는 일이 쉽지 않다. 사랑을 하고 또 상처를 받을까 봐 두렵다.

　사랑을 하면 구름 위를 걷는 것처럼 행복한 시간이 있다. 하지만 사랑하면서 아픔을 견뎌야 하는 시간도 있다. 그래서 좋은 사람이 다가와도 설레기보다는 일단 거리를 두게 된다.
　물론 어떤 사랑은 진심으로 간절해서 상처를 모두 보듬어줄 만큼 따뜻하다는 것을 안다.

　솔직히 말하면 온전한 사랑을 꿈꾸지만 아프게 헤어

지는 사랑을 다시 하고 싶지 않아서 지금 혼자 있는 것
이다. 사랑을 해도 결국 삶의 무게를 견뎌내는 것은 내
몫이기에 지금 혼자 있는 것이다.

사는 게 재미없는
당신에게
- - - - - - - - - -

감당하기 힘들 만큼 아프고 괴로운 일을 겪은 적이 있다. 마음이 잔잔하지 않고 심하게 출렁였다. 나 혼자 불행한 것 같고 희망보다는 절망을 떠올렸다. 이 일도 시간과 함께 지나가겠지, 이렇게 편하게 마음을 먹으려고 해도 괴로움은 가시지 않았다.

이런 날을 힘겹게 버티면서 아무 일 없이 평온했던 날들이 그리웠다. 재미있는 게 없다고, 매일 똑같이 반복되는 일상이 지루하다고 투덜대던 그런 날들이 간절히 그리웠다. 그런 날의 평화로운 시간이 빨리 오기만을 손꼽아 기다렸다.

아프고 괴로운 일 없이 그저 평범한 시간을 보내는 게 얼마나 행복하고 감사한 일인지 뒤늦게 깨달았다. 정말로 편안한 하루를 살고 싶었다. 사랑하는 사람과 산책하고, 단골 식당에 가서 식사를 하고, 음악을 들으면서 한가롭게 커피를 마시는 그런 여유로운 날을 살고 싶었다.

생활이 단조롭고 재미없게 느껴진다면, 매일 반복되는 일상이 지루하다면 큰 걱정 없이 잘 살고 있는 것이다.

그것은
사랑이었다
- - - - - - - - - - - - -

연락이 없으면 불안해서 걱정을 했던 것.

나를 좋아해주지 않아도 한없이 좋아했던 것.

자존심을 내려놓고 더 잘해주려고 노력했던 것.

그 사람의 유익을 위해 양보하고 희생했던 것.

시간과 돈을 쓰는데도 전혀 아깝지 않았던 것.

약속을
믿은 까닭
- - - - - - - - - -

해는 아침에 떠서 저녁에 지고, 달은 밤에 떠서 아침에 기운다. 스스로 약속을 지킨다. 그래서 아침에 떠오르는 해를 보고 밤에 뜨는 달을 보면 안심이 된다.

너는 해와 달처럼 안심이 되는 존재였다. 작은 약속하나도 지키지 않은 적이 없고, 연락을 안 해주면 내가 걱정할까 봐 아무리 바빠도 잊지 않고 문자나 전화를 해주었다. 이런 일은 사소하지만 기다리는 내 마음을 헤아려주는 것이어서 참 고맙게 느껴졌다.

어느 날 네가 평생 함께하고 싶다고 말했을 때 나는 그 말을 아무 의심 없이 받아들였다. 평소에 네가 작은 약속도 지키지 않는 사람이었다면, 떨어져 있을 때 연락을 하지 않아서 나를 걱정하게 만든 사람이었다면 그 말을 진심으로 믿지 않았을 것이다. 평생 함께하고 싶다는 말을 그냥 내 마음을 들뜨게 하려는 것으로 들었을 것이다.

평소에 약속을 잘 지켜야 하는 이유는 믿을 수 있는 사람인지 검증할 수 있기 때문이다.

사랑하니까
괜찮은 건 아니다

너는 처음 만났을 때 따뜻한 사람이었다. 그런데 언젠
가부터 냉랭하게 나를 대했다. 네 마음이 변했다고, 나
를 사랑하지 않는다고 생각하니 마음이 무너져 내렸다.

네가 그렇게 나를 대하는 건 너만의 잘못은 아니다.
나는 네 표정이 어두울 때는 기분 안 좋은 일이 있나 싶
어서 더 잘해주려고 했다. 네가 언성을 높이고 화를 낼
때는 참을 수 있을 만큼 참았다. 네가 배려하지 않을
때는 아무 말 안 하고 넘어갔다. 그게 사랑인 줄 알았
다. 사랑하니까 다 괜찮아질 줄 알았다.

결국 우리 사랑이 끝나 버린 것은 사랑을 안 해서가
아니다. 사랑하니까 사소한 일쯤은 별거 아니라고 참
고 넘어갔기 때문이다.

힘들 때 더
굳건해지는 사랑
- - - - - - - - - - - - - - - - - - -

즐겁고 평온한 날에는 너와 함께하는 사랑이 어렵지 않았다. 그런데 힘들고 괴로운 일이 있는 날, 내 몸 하나 챙길 경황이 없는 날에는 너에게 연락하는 것도 미루고 만나서도 침울한 얘기만 늘어놓았다.

즐겁고 평온한 날보다 힘들고 괴로운 날에 더 간절한 것이 사랑이다. 상황이 안 좋을 때 옆에 있어주고, 기대고 의지하는 것이 사랑이다. 일반적인 사랑은 여기까지다.

진짜 사랑은 온전히 혼자가 되어서도 힘들고 괴로운 상황을 견디게 한다. 떨어져 있어도 항상 함께하고 응

원하는 것을 느끼기 때문이다. 그래서 힘들 때 더 굳건

해진다.

오해가
쌓이기 전에
- - - - - - - - - - - -

이해하기는 어렵고 오해하기는 쉬운 것 같아. 오해
하지 않도록 말하고 행동해도 오해하는 사람은 있게
마련이야. 사랑하는 사이라도 온전히 이해하는 것은
쉽지 않아. 구체적으로 말을 해줘도 얼마든지 오해를
할 수 있어. 그래서 나는 내 말을 완전히 이해해주기를
바라기보다는 최소한 오해를 줄일 수 있게 말하고 행
동하는 편이야.

오해란 것이 참 그래. 내가 오해를 한 경우에 상대방
의 입장을 들어보면 모두 그럴 만한 사정이 있고 이유
가 있어. 그리고 누군가 나를 오해한 경우에는 내가 해
명을 해도 상대방은 자신에게 유리한 쪽으로만 생각해

서 내 말을 듣곤 해. 그런 걸 보면 굳이 오해를 풀려고 노력해야 하나 싶은 생각이 들기도 해.

하지만 오해가 쌓이면 관계에 치명타가 될 수도 있어. 괴테가 말한 것처럼, 오해는 뜨개질할 때 한 코를 빠뜨린 것과 같아서 처음 잘못 떴을 때 고치면 단지 한 바늘로 해결된다는 생각으로 처음에 바로잡는 게 좋은 것 같아.

좋은 관계를 유지하고 싶은데 그동안 쌓인 오해가 있다면 상대방이 어떻게 받아들일지는 염두에 두지 말고 먼저 오해를 푸는 대화를 해보는 건 어떨까. 찜찜한 내 마음이 편해지기 위해서라도.

내가 쌓인 오해를 풀려고 할 때

네가 "그건 정말 오해야" 하지 않고

"만약 그렇게 느꼈다면 미안해"라고 한 건

나를 변함없이 사랑하는 마음이 있기 때문일 거야.

Chapter 3

싫어졌거나
지금도 좋아하거나

꽃을 가꾸는
마음으로

어렵게 얻은 소중한 사람을 잃는 것은 한순간이다.

소중한지 모르고 함부로 대하면,

가꾸지 않고 내버려 두면,

관계는 시들해지고 말라버린다.

사랑은 꽃을 가꾸는 마음으로 하는 것.

한 번도 상처받지
않은 것처럼

일부러 상대에게 상처를 주려고 사랑을 시작하는 사람이 있을까. 사랑하다 보니 어쩌다 상처를 주고 상처를 받는 거지.

너는 상처받기 싫어서 사랑을 하지 않겠다고 했어. 사랑에 데인 상처가 깊어서 그런 거겠지. 하지만 사랑은 상처받을 걸 알면서도 마음에 사랑하는 사람을 담는 거라고 생각해.

나는 그런 각오로 너와 사랑을 시작하고 싶어. 상처받더라도 지켜내는 사랑을 하고 싶어. 많은 것을 바라는 사랑이 아니라 많은 것을 함께하는 사랑을 하고 싶어. 너라면 그런 사랑을 할 수 있을 것 같아.

친구의
고민을 들을 때
- - - - - - - - - - - - - - - - - -

    조심스럽게 친한 친구가 고민을 털어놨어. 주의 깊게 듣고만 있었어. 친구는 왜 듣기만 하고 아무 말도 안 해주냐고 했어.

    나는 지혜가 부족해. 내 인생 하나 책임지며 사는 것도 힘겨운 사람이야. 친구 인생을 책임질 것도 아니면서 주제넘게 무슨 말을 해 주겠어. 또 친구의 입장과 처한 상황이 나와 다른데 내 입장에서 해주는 말이 옳은 것도 아니잖아.

    그리고 친구가 고민을 털어놓을 때는 나름의 답을 이미 가지고 있다고 생각해. 그래서 고민을 들어주는 것만으로도 답답한 마음이 좀 편해졌을 거야.

도울 일이 있으면 기꺼이 도울게.

행복해지기를 마음속 깊이 응원한다, 친구야.

무너지지
않는 신뢰

내가 너를 좋아하는 이유는 항상 잘해줘서가 아니
야. 너는 나에게 못 해 줄 때도 있어. 때로는 사소한 일
에 삐치고 다투고 감정이 상하기도 해. 하지만 나를 소
중하게 생각해서 내가 싫어하는 것을 되도록 안 하려
고 늘 마음을 쓰기에 너를 좋아하는 거야.

내가 너를 좋아하는 이유는 항상 나를 배려해주기
때문이 아니야. 너는 나를 배려하지 않을 때도 있어.
그래서 내가 보살핌을 받지 못하고 네가 이해해주지
않아서 미워지기도 해. 하지만 늘 내 곁에 있어주려고
노력하기 때문에 너를 좋아하는 거야.

관계의 기본은 신뢰인 것 같아. 서로 소중하게 여기고, 늘 곁에 있어주고, 각자 싫어하는 것을 안 하려고 노력하는 것. 신뢰가 있는 관계는 무너지지 않을 거라고 믿어.

사랑이
떠나고 할 일

- - - - - - - - - -

    사랑이 떠나면 후회해도 지난날의 모습으로 다시 돌아갈 수는 없어. 외롭게 하지 않겠다고, 걱정하지 않게 하겠다고, 서운하게 하지 않겠다고, 마음 아프게 하지 않겠다고 백 번 천 번 말해도 달라지는 건 없어.

    사랑이 떠나고 할 일은 미련을 두는 것도 아니고 후회하는 것도 아니야. 사랑한 사람이 곁에 없는 하루하루를 잘 살아내는 일이야. 빈자리를 나로 채우는 일이야.

기분이 태도가
되지 않게

내 감정을 제대로 조절하지 못해서 그동안 많이 힘들었어. 아무 의미 없는 말 한마디에 상처를 받았고, 충분히 참을 수 있는 일에도 화를 냈어. 기분에 따라 금방 웃다가도 또 금방 시무룩해지곤 했어. 수시로 변하는 날씨처럼 감정의 기복이 심했어.

그런데 너는 좋은 기분이건 나쁜 기분이건 기분으로 나를 대하지 않았어. 기분에 상관없이 나를 아껴주고 사랑해줬어. 너는 참 괜찮은 사람이야.

나도 너처럼 기분이 태도가 되지 않게 조금이라도 노력해볼게.

자꾸 짜증을
내는 이유

- - - - - - - - -

　요즘 내가 짜증을 많이 내지? 마음에 여유가 없어서 그런 건지, 쌓인 일이 많아서 그런 건지, 피곤한 탓인지 별일도 아닌 일에 자꾸 짜증을 내고 있어. 짜증 내는 나에게 실망스러워서 더 짜증이 나기도 해.

　생각해보니 전에는 거의 짜증을 내지 않았던 것 같아. 그런데 너를 만나고부터 짜증을 내는 횟수가 많아 졌어. 너한테 무언가 불만이 있어서가 아니야. 오히려 그 반대야. 짜증을 내면 내 얘기를 잘 들어주고, 나를 더 달래주고 아껴주니까 습관적으로 짜증을 내는 것 같아.

　내가 짜증을 내면 '또 짜증이구나' 하고 너도 대수롭지 않게 넘겨버려 줘.

이런 사람은
만나지 마

아무나 만나지 마. 외로우면 누군가 허전함을 채워 주길 바라서 판단력이 떨어질 수도 있어. 사랑받고 싶은 마음이 간절할수록 냉정해지길 바라.

특히 있는 그대로의 너의 모습을 존중해주지 않는 사람은 만나지 마. 안 맞는 부분을 무조건 자기에게 맞추라고 강요하는 사람도 만나지 마. 네가 성장하는 데 도움이 안 되고 오히려 방해가 될 것 같은 사람도 만나 지 마. 네가 그런 사람을 만나는 시간에 정말 좋은 인 연을 놓칠 수도 있으니까.

너는 충분히 사랑받을 수 있는 사람이야. 그 누구도

너에게 자기가 바라는 모습을 강요할 수는 없어. 있는 그대로의 너의 모습을 좋아해주는 사람을 만났으면 좋겠어.

결혼식

오늘은

세상에서 제일 멋진 신랑,

세상에서 제일 예쁜 신부가 되고

오늘처럼

세상에서 제일 행복한 부부로

평생 사랑하길 바랄게요.

소중함을 잊게 하는
사랑이라면

　도서관 서가에 꽂혀 있어도 읽어주는 사람이 없어서 먼지가 쌓인 책처럼 나는 너의 관심을 받지 못하고 방치된 느낌이야. 내 마음은 너에게 닿지 않고 마치 스팸 메일처럼 지워지는 것 같아. 공기의 소중함은 알지만 전혀 소중함을 느끼지 못하고 사는 것처럼 너는 내가 소중하다고 하면서도 그것을 당연하게 여기는 것 같아.

　너는 내 전부인데 나는 너에게 있으면 좋고 없어도 상관없는 그저 그런 존재인 거야? 가끔 네가 편할 때 만나서 시간을 보내는 것으로 만족하는 사랑을 해야 하는 거야?

그런 초라하고 비참한 사랑은 하고 싶지 않아. 무엇보다 나는 소중한데 나조차도 나의 소중함을 잊게 하는 사랑이라면 더이상 하고 싶지 않아.

내 마음이
힘들지 않은 만큼만
- - - - - - - - - - - - - - - - - - - -

"너는 너밖에 모르는구나"라는 말을 많이 듣고 자랐어. 사람은 누구나 이기적이지만 그 정도가 좀 지나쳤던 거겠지.

그런데 너를 만나고 난 뒤에 나 스스로 놀랄 만큼 많이 변하고 있는 걸 느껴. 나보다는 너를 먼저 생각해서 조금 양보도 하고, 내 마음보다 네 마음을 먼저 살피기도 하고, 너에게 잘 맞추려고 노력도 하고. 이런 노력을 하는 건 너를 많이 사랑해서 그런 거겠지.

그런데 가끔 힘들 때가 있어. 노력하는 내 모습을 네가 당연하게 여길 때가 그래. 네가 노력하는 나를 꼭 알아줘야 하는 건 아니지만 당연하게 여기지 않았으면 좋겠어. 나밖에 모르던 사람인데 내가 원래부터 양보 잘하고 배려 잘하던 사람인 것처럼 당연하게 여기면 내가 더 힘들어질 것 같아.

내 마음이 힘들지 않은 만큼만 사랑하는 게 최선의 사랑일까. 그렇게 해서 너와 나의 관계가 편하다면 우리는 정말 사랑하는 걸까.

사랑인지
집착인지

　너를 좋아하니까 나에게만 관심을 갖고 나만 좋아하
고 나하고만 시간을 보냈으면 하는 바람이 생겼어. 사
랑을 하면 당연히 그래야 한다고 생각했어.

　솔직히 네가 사랑하는 걸 알면서도 혹시나 나를 떠
날까 봐 내 곁에 붙들어 놓으려고만 했어. 너를 만날
때마다 애정에 굶주린 사람처럼 사랑의 확신을 얻고
싶어 했어. 네가 곁에 없을 때는 지금 누구와 어디서
시간을 보내는지 궁금해서 물어보곤 했어. 궁금한 게
아니라 사실은 확인하고 싶었던 것 같아. 수시로 칭얼
대면서도 너를 너무 사랑해서 그런 거라고 스스로 자
위했던 것 같아.

이런 집착이 계속되니 너도 지긋지긋했을 거야. 항상 나만 바라보고 있으라고 하니까 질렸을 거야. 너는 나의 소유물이 아닌데, 사랑은 하지만 내 것이 아닌데 나는 너를 숨 막히게 했었어.

너와 헤어진 지금에서야 조금 알 것 같아. 네가 떠날까 봐 두려웠던 것은 내 사랑을 스스로 믿지 못했기 때문이란 것을. 나에 대해 자신감이 없어서 너를 구속하려 했다는 것을.

내가 집착하지 않고 온전히 자유로운 사랑을 했다면 너는 나를 떠나지 않았겠지.

오직 나만의 사람은 없어요.

소유욕으로 자유로운 사람을

붙들어 놓지 마세요.

말 한마디를
하더라도

내가 순간적으로 하는 말은 그 말이 아주 사소한 말 한마디라도 듣는 사람의 마음에 저장된다.

특히 마음에 상처를 준 말은 시간이 오래 흘러도 날카로움이 무뎌지지 않고 방금 들은 것처럼 마음을 찢어놓는다.

그러니 하지 않아야 할 말은 자제하고, 꼭 해야 하는 말은 가려서 하고, 책임질 수 없는 말은 입 밖으로 내지 않기를.

사과를
받아들일까 말까

- - - - - - - - - - - - - - - - - - -

　우리는 다투고 나서 미묘한 신경전을 벌일 때가 있어. 서로 자존심을 내려놓지 못하고 화해하는 걸 미루지. 이럴 때는 시간이 길어질수록 마음이 불편해.

　사과는 타이밍이 중요하잖아. 그래서 내가 먼저 갈등을 풀어야겠다고 마음먹곤 해. 그럴 때마다 너는 내 마음을 아는지 먼저 사과하고 화해를 청했어. 그 모습이 나를 편안하게 해줬어.

　먼저 사과를 하면 만만하게 보는 인식 때문인지 잘못을 하고도 사과를 안 하는 사람이 너무 많아. 사과는커녕 뻔뻔하게 나오는 사람도 있어. "이게 나만의 잘못이야?" 이러면서.

"미안해. 화풀어." 이렇게 대충 사과하고 넘어가는 사람도 있어. 나도 쿨하게 사과받고 싶어. 그런데 형식적인 사과는 받고 싶지 않아. 내가 고만한 일로 따따부따하는 속 좁은 사람으로 여겨지더라도 사과를 받을지 말지는 내가 판단하는 거야.

내가 너를 좋아하는 이유 중 하나는 진심으로 사과를 하기 때문이야. 너는 잘못을 하면 사과를 했지 변명은 하지 않았어. 사과를 하는 게 간단한 것 같지만 상대방을 존중하는 마음이 없으면 제대로 할 수 없는 거야.

사랑의 끈

간신히 붙들고 있는
사랑의 끈을 놓으면
너와 나는
영영 만나지 못하겠지.

잘 지내?

관계에서 상처를 받았어. 미움이 커지고 있어. 그렇게 하루하루를 보내고 있어. 이럴 때 누군가 "잘 지내?"라고 물으면 그럭저럭 잘 지낸다고 했어. 잘 지내냐고 묻는 말은 "우리 언제 밥 한번 같이 먹자"처럼 형식적인 것이고, 힘든 얘기를 남에게 털어놓기도 싫었어. 솔직하게 말한다고 해서 내 상황이 달라지는 것도 아니고.

그런데 너는 귀신처럼 내 마음을 알아채고 시간을 내주었어. 내 하소연을 들어주었을 뿐이지만 네 마음이 너무 고마워서 그 시간만큼은 내가 괜찮아지는 느낌이었어. 힘들 때는 누가 옆에 있어주는 것만으로도 힘이 되잖아.

누군가에게 "잘 지내?"라고 묻는 건 쉽지만 힘들게 지내는 사람과 함께 있어주는 건 어려운 일이야. 마치 "사랑해"라는 말은 쉽게 하지만 진심으로 사랑하는 건 어려운 것처럼.

어쩌면 나는 그럭저럭 잘 지낸다고 말할 때마다 함께 잘 지내고 싶은 누군가가 그리웠던 것 같아. 너와 함께한다면 정말 잘 지낼 힘도 얻을 것 같아. 따뜻한 온기를 가진 너에게 위로를 받고 싶어.

이해와 오해
- - - - - - - - - - - - - - -

　너의 말을 머리로만 들었을 때는 오해했어. 마음으로 들으니까 이해가 되고 공감이 되었어.

　너의 말을 한마디도 흘려듣지 않았어.

　네가 마음이 아프다고 말하지 않았는데도 아픈 너의 마음이 느껴졌어. 그래서 보듬어주었어.

　머리가 아닌 마음으로 이해하고 공감했기 때문이야.

잊히지
않는 사랑

　너와 헤어졌는데도 아직 마음속에서 놓아주지 못했
어. 아니 정확히 말하면 너와 함께했던 그 시간의 나를
그리워하는 거겠지. 너를 처음 만나 설레고, 손잡고 연
애하면서 들떴고, 가장 행복했던 나를.

　너는 기억에서 점점 잊히겠지만 내 사랑은 그리워할
것 같아.

사랑은 오래 기다리게
하지 않는다

너에게 문자를 보냈는데 읽지도 않고 답이 없을 때가 있어. 처음엔 바쁜가 보다 했다가 조금 후에는 무시당하는 것 같고, 곧 짜증이 나고, 시간이 더 지나면 무슨 일이 생겼나 걱정을 하게 돼. 전화를 했을 때 받지 않아도, 약속 시간에 늦어도 마찬가지야.

사랑을 할 때는 기다림 때문에 설레고, 기다림 때문에 애가 타고, 기다림 때문에 화가 나고, 기다림 때문에 걱정을 하는 것 같아. 그래서 문자든 전화든 만남이든 오래 기다리지 않는 사랑을 하고 싶어. 그런 사랑은 내가 소중하다는 느낌이 들게 하니까.

진심으로
좋아하지 않는다면

왜 나하고 눈이 마주치면 웃어줬어? 왜 나한테 다정하게 굴었어? 네가 그럴 때마다 나한테 관심이 있는 줄 알았어. 내 심장이 얼마나 빨리 뛰었는지 너는 모를 거야.

너는 나한테만 그런 게 아니었어. 다른 사람들한테도 똑같이 그렇게 했어. 너는 누구한테나 잘해주는 사람이었어. 그 사실을 알고 나니까 네가 매력 없는 사람으로 느껴졌어.

헤어지자는 말

‐‐‐‐‐‐‐‐‐‐‐‐‐‐‐‐‐‐‐

너에게 정말 끝까지 듣고 싶지 않았던 말을 들었다. 헤어지자는 말.

분명 내 사랑을 확인하려고 한 말은 아니었다. 사랑이 남아있는데 요즘 다퉜다고 한 말은 아니었다. 성난 감정을 주체할 수 없어서 불쑥 꺼낸 말도 아니었다.

헤어지자는 말은 진짜 헤어질 때만 하는 말, 한번 뱉으면 돌이킬 수 없는 말이다. 이 말을 듣는 순간 너는 완벽한 타인처럼 느껴졌다.

헤어지기로 마음먹고 그동안 이 말을 하기까지 너는 계속 망설였겠구나. 이런 생각을 하니 나를 더이상 사랑하지 않는 껍데기와 시간을 보낸 내가 어리석고 우습게 느껴졌다.

가장
멋진 복수

　나는 아직도 너를 미워해. 상처를 남기고 떠난 너를 용서할 수 없어. 그렇다고 너에게 복수를 꿈꾸지는 않아. 다만 행복하게 사는 내 모습을 보고 네 마음이 후회로 가득했으면 좋겠어.

질투

너를 만난 건 행운이었어. 너는 좋은 사람이었고 내 친구들도 다정한 사람 같다며 기뻐해줬어. 처음에는 그랬어. 시간이 갈수록 나는 많이 외로웠어. 너는 나에게만 좋은 사람이 아니었어. 네가 아는 사람들 모두에게 좋은 사람이 되려고 했어. 그 사람들을 챙기는 시간에 나는 외로웠고 즐겁지 않았어.

내가 이기적이고 질투가 많다고 해도 상관없어. 내가 바라는 건 네가 누구에게나 좋은 사람이 아닌 나에게만 좋은 사람이 되어주는 거야. 나를 외롭게 하지 말아 줘. 내 곁에 오래오래 머무는 사람이 되어 줘.

서로의 다름을
존중하는 사랑

- - - - - - - - - - - - - - - - - - - -

　우리는 서로 달라서 좋았어. 다름을 이해하고 존중
해줘서 너의 사랑을 받아들였어. 그런데 지금은 서로
안 맞는 부분 때문에 다투는 일이 많아졌어.

　사소한 일로 옥신각신할 때마다 마음이 지쳐서 너무
힘들어. 서운한 일이 있어도 웬만하면 참고 이해하려
고 노력을 하는데 그럴수록 마음이 허전해서 견딜 수
가 없어. 너에게 서운한 얘기를 하면 내가 과민반응을
한다고 하니 내 감정을 솔직하게 말하지도 못하겠어.

　너에게 확인하고 싶어. 우리는 여전히 서로의 다름을
이해하고 존중하는지. 아직도 나를 사랑하는지.

편함과
소홀함

네가 편함과 소홀함이 다르다는 것을 이해했으면 좋겠어. 편한 사이라고 해서 소홀하지 않았으면 해. 네가 소홀하게 나를 대할 때마다 서운하고 이러다가 한순간에 관계가 무너질까 봐 두려워. 아끼던 그릇에 살짝 금이 가면 구석에 두었다가 결국엔 자리만 차지하던 그 그릇을 버리듯이.

편한 사이니까 이 정도쯤은 이해해주겠지, 라고 생각하지 않았으면 좋겠어. 편한 사이니까 소홀히 대하는 것을 금방 알아차리고 섭섭한 마음을 가질 수 있어. 열 번 잘해줘도 한 번 못 해준 것에 섭섭함을 느끼는 게 사람 마음이야.

좋아하는 이유와
헤어지는 이유

- - - - - - - - - - - - - - -

　연애를 시작한 지 얼마 안 된 사람에게 왜 좋아하냐고 물으면 '그냥 좋아서'라고 한다. 연애를 시작할 때는 상대의 외모나 조건이 마음에 든 것도 있지만 그 사람을 좋아하게 된 결정적인 이유는 밝은 모습으로 따뜻하게 대해주고, 세심하게 챙겨주고, 편하게 해주었기 때문이다.

　반대로 연애가 끝난 지 얼마 안 된 사람에게 왜 헤어졌냐고 물으면 '그냥 싫어서'라고 한다. 연애가 끝날 때는 상대의 성격이나 능력이 마음에 들지 않아서일 수도 있지만 그 사람과 헤어지게 된 결정적인 이유는 밝은 모습으로 따뜻하게 대해주지 않고, 세심하게 챙겨주지 않고, 편하게 해주지 않았기 때문이다.

연애를 시작할 때 그 사람을 좋아했던 이유와 연애가 끝났을 때 그 사람과 헤어진 이유는 크게 다르지 않다. 사랑을 지켜냈는지 그러지 못했는지의 차이가 있을 뿐이다.

너를 조금 아는 것,

기대는 것,

익숙해지는 것을

사랑이라고 하지 않는다.

사랑은 소중한 마음을 지켜내는 것이다.

헤어지는 것도
사랑이다

이별하는 순간에는

진심으로 사랑했는지 안 했는지 의미를 두지 마.

함께 보낸 지난 시간에 미련을 두지 마.

더 잘해주지 못해서 미안하다는 말도 하지 마.

그냥 행복하게 보내 줘.

연애하는 것만 사랑이 아니라

잘 헤어지는 것도 사랑이니까.

Chapter 4

지금 이대로 내가 좋다

나를 돌보지
않은 나

남에게는 친절하게 대하면서 정작 나에게는 못되게 굴었던 것 같아.

외로운 내 마음을 살펴주지 않았어. 마음속 상처를 보듬어주지 않았어. 아픈 마음을 어루만져 주지 않았어. 힘들고 지친 마음을 달래주지 않았어. 따뜻하게 대해주지 않은 나에게 정말 미안해.

누가 나에게 "넌 소중한 사람이야. 지금 이대로 참 괜찮은 사람이야"라고 얘기해 주기를 바랐어. 그런데 그 말을 진심으로 해주는 사람은 없었어. 그 말은 남에게 듣는 말이 아니라 내가 나에게 해 주어야 하는 거였어.

그때는 위로받지
못했지만

너와 헤어지고 나니까 친한 친구들이 내 마음을 달래주려고 한마디씩 해 주었어.

"너무 아파하지 마. 시간이 약이야."

"힘내. 다 괜찮아질 거야."

"더 좋은 사람이 나타날 거야."

고마웠어. 하지만 전혀 위로가 되지 않았어. 쉽게 잊히는 사랑을 한 게 아니어서, 평생 상처로 남을 수도 있는 이별이어서.

그런데 그때 친구들이 해준 말이 틀리지 않았어. 정말 시간이 약이었어. 아프고 괴로웠던 시간을 견뎌냈더니 마음이 편해지고 괜찮아졌어.

네가 떠난 자리를 다른 사람이 채워 주었기 때문이
아니야. 너 없이도 나를 사랑하면서 지낼 수 있게 되었
거든.

부모님의
꿈과 행복

네가 건강하기를 바란다.

행복하게 살기를 바란다.

잘되기만을 바란다.

항상 너를 응원한다.

너는 우리의 자랑이다.

하나뿐인 보석이다.

너는 특별한 사람이다.

너는 소중한 사람이다.

나는 세상에 태어나기 전부터 지금까지

그리고 앞으로도 부모님의 꿈과 행복이다.

나를 가장
힘들게 하는 사람

　나를 가장 힘들게 하는 사람은 누구일까? 일을 많이 시키는 상사일까? 돈을 빨리 갚으라고 독촉하는 빚쟁이일까? 무시하고 상처 주고 모욕하는 사람일까? 그럴 수도 있다. 그러나 더 심하게 나를 힘들게 하는 사람이 있다. 그는 바로 '나'라는 존재다.

　세상에서 제일 소중한 나를 깎아내리고 가장 힘들게 했다. 그동안 나를 외롭게 했다. 험한 말을 했다. 화를 냈다. 힘들어 보여도 모른 척했다. 따뜻한 말 한마디 해주지 않았다. 슬픔을 위로해주지 않았다.

힘들 때는

나에게 행복감을 주는 것을 찾아서 해 봐.

그게 휴식이든 여행이든 운동이든 사랑이든.

지친 마음을 편하게 해 주는 것이면 무엇이든.

진심이야?

진심으로 미안해.
진심으로 좋아해.
진심으로 사랑해.

이 말에 정말 진심이 담겨 있을까?
진심을 주고받는 건 참 어려운 일이다.

거짓은 화려하고 요란하다.
진심은 수수하고 굳이 말 안 해도 전해진다.

거짓말보다
더 나쁜 것

누구나 싫어하는 건 거짓말이다. 특히 사랑하는 사람에게 하는 거짓말은 사랑에 금이 가게 한다. 걱정할까 봐 본의 아니게 한 거짓말도 어렵게 쌓은 믿음을 한순간에 무너뜨린다.

거짓말이 나쁘고 싫은 건 상대방을 속인 것도 있지만 자기 자신을 속이기 때문이다.

그런데 거짓말보다 더 나쁜 게 있다. 그건 진실을 덮어 감추거나 숨기는 것이다.

모든 관계는
상대적이다

회사에 나와 잘 맞지 않는 사람이 있다. 매일 같이 일해야 하니 너무 괴롭다. 그 사람도 나와 똑같이 생각하는지 나한테는 말을 걸어오지 않는다.

이것은 당연한 일이다. 내가 안 맞는 사람을 호의적으로 대하지 않으니까 그 사람도 나를 좋게 대하지 않는다.

영화에서는 선한 사람과 악인이 마치 정해져 있는 것처럼 이야기가 전개된다. 그러나 현실에서는 무조건 착한 사람도, 무조건 나쁜 사람도 없다. 테레사 수녀가 말했던가. 내 안에는 히틀러와 간디가 함께 있다고.

또다시
상처받지 않도록

성인이 되기 전에 받은 상처를 애써 외면하려고만 했다. 어렸을 적에는 인격적인 대우를 받지 못해도 저항할 힘이 없으니까 분한 마음이 들어도 참을 수밖에 없었다. 부당하게 겪었던 고통을 참다 보니 그것이 상처가 되었다. 그 일을 계속 기억하고 곱씹어봤자 상처 받았던 상황을 바꿀 수 없으니까 애써 잊으려고 했었다. 마치 그 상처가 나의 일부가 아닌 것처럼.

그런데 관계가 힘들 때마다 그 상처는 덧나고 나를 아프게 했다. 내 안의 상처 받은 아이가 아파서 울고 있는 게 느껴졌다.

그런데 너를 만나면서 내 안의 상처가 조금씩 아물

고 있다. 지난 시간에 나를 괴롭혔던 상처가 좋아하는 너로 인해 낫고 있다. 사람에게 받은 상처는 좋은 사람을 만나서 치유된다는데 그 말이 맞는 것 같다.

애써 숨기려고만 했던 상처를 너는 나의 일부라 여기고 감싸줬다. 이제는 나의 상처를 외면하지 않는다. 아프면 아파하고 울고 싶을 때는 마음껏 운다.

너 역시 내가 모르는 상처가 있을 것이다. 네가 나에게 해주었던 것처럼 너를 보듬어주고 싶다. 또다시 상처받지 않게 해 주고 싶다.

온전한 나로
살아가기

너는 못나고 부족한 사람이 아니야. 너보다 조금 잘나가는 사람을 보며 열등감에 시달리지 마. 너는 지금 최선을 다해 살고 있잖아.

너는 너만의 좋은 점이 있어.

남에게 괜찮은 사람으로 보이기 위해 너무 애쓰지 않아도 돼. 너는 지금도 충분히 괜찮은 사람이니까.

내가
부러워하는 사람

- - - - - - - - - - - - - - - - - - - -

　돈이 많은데도 행복하지 않은 사람, 인기가 많은데도 불안해하는 사람, 부당한 방법으로 특별한 성취와 명예를 얻은 사람은 부럽지 않다.

　나는 자기 삶에 충실한 사람이 부럽다. 그런 사람은 하루하루를 성실하게 살고 있기 때문이다.

　나는 마음이 꽈배기처럼 꼬이지 않고 순수한 사람이 부럽다. 힘들지 않고 어렵지 않아서 철없이 사는 게 아니라 환경이 어떠하든 순수함을 간직하려는 그 마음이 좋다.

　나는 작은 행복을 지나치지 않고 만족하는 사람이

제일 부럽다. 삶을 무겁지 않고 가볍게 살기에 작은 행복도 놓치지 않고 두 팔 벌려 행복을 맞이하는 모습이 예쁘게 보인다.

　나는 나로서 충실하게 살고 싶다. 해맑고 순수하게 살고 싶다. 작은 행복에도 웃음 짓는 사람이 되고 싶다.

성격이 마음에
안 든다면
- - - - - - - - - -

나는 소심하고 내성적이야. 그런데 어느 모임에서
는 상당히 활달하고 적극적이야. 누구를 만나느냐에
따라서 성향이 달라지기도 해.

언젠가 너는 성격이 마음에 안 들어서 바꾸고 싶다
고 했어. 그 말을 듣고 사람의 얼굴이 모두 다르듯이
성격도 다른 건데 왜 너의 성격이 마음에 안 들었는지
생각해봤어. 그건 네 얼굴이 마음에 안 드니까 얼굴을
고치고 싶다는 것과 다르지 않은 것 같아. 있는 그대로
의 네 성격을 받아들이면 될 것 같은데 그게 안 돼서 고
민이겠지.

나도 내 성격이 마음에 드는 건 아니야. 하지만 좋은 점도 많아. 소심하지만 조심성이 많아서 덤벙덤벙 말하거나 행동하지 않아. 그래서 남에게 상처를 주지 않고 배려해주는 편이야. 내성적인 성격이 혼자 하는 일에 많은 도움이 되기도 해.

너의 성격대로 살아도 괜찮아. 그 성격이 바로 너니까.

마음의 그릇이
다를 뿐이다

　그릇의 크기가 제각각이듯이 사람의 마음의 그릇
도 모두 다르다. 똑같이 힘든 일을 겪어도 인내심의
한계가 다르고, 관계로 상처를 받아도 회복하는 시간
이 다르고, 잘못한 사람을 너그럽게 이해하는 크기도
다르다.

　너는 인내심이 부족하고, 상처를 받으면 오래가고,
이해심이 별로 없다고 했다. 이것은 네가 다른 사람보
다 못나서가 아니다. 네 잘못이 아니다. 오직 너라서
그런 것뿐이다. 네 마음의 그릇이 다른 사람과 달라서
그런 것뿐이다.

실수 좀 해도
괜찮아

....

    지금의 나로 사는데 도움이 된 것은 너무나 많다. 그
중에서 빼놓고 얘기할 수 없는 건 내가 그동안 저지른
실수다. 조그만 실수부터 지금 생각해도 아찔한 실수
까지.

    대부분은 잘해보려다 실수한 거였다. 같은 실수를
반복하지 않으려고 애쓰겠지만 앞으로도 새로운 일에
도전하면서 계속 실수를 할 것이다. 그 실수에서 배우
고 더 나은 내가 되고 싶다.

훌륭한
사람이란

하나를 배우면 그 하나를
삶에서 행동으로 옮기는 사람.

말한 대로 사는 사람.

글을 쓴 대로 사는 사람.

잔소리

너는 말했어. 남자들은 항상 잔소리를 하게 만든다고. 너에게 잔소리를 들을 때마다 나한테 불만이 많아서 그런 줄 알았어. 그래서 짜증이 나고 듣기 싫었어. 그런데 네가 하는 잔소리를 생각해보니 하나부터 열까지 나를 걱정해서 하는 말이었어.

특히 건강을 안 챙긴다고 잔소리를 많이 했어. 네가 나를 진심으로 사랑하는 것을 알아. 너의 잔소리가 참견으로 들리지 않고 가슴에 와 닿는 이유야.

잔소리 많이 해줘서 고마워. 너의 예쁜 잔소리를 계속 듣고 싶지만 미안하니까 앞으로 잘할게.

혼잣말

햇볕 좋은 날에는 너와 손잡고 걸었는데.

흐린 날에는 네가 좋아하는 칼국수를 먹으러 갔는데.

비 오는 날에는 너와 함께 빗소리를 들었는데.

눈 오는 날에는 네가 여름을 사랑한 눈사람 애기를 했는데.

만나고
헤어지는 인연

오랜만에 방을 정리했다. 몇 년 동안 한 번도 사용하지 않은 물건들이 꽤 많았다. 버려야겠다고 마음먹고 쓸모없는 것부터 버리기 시작했다. 그런데 사연이나 추억이 담긴 물건들은 이번에도 역시 버릴까 말까 망설였다.

이런 생각이 들었다. 버리는 게 아니라 이제는 인연을 놓아주어야겠다고. 이런 생각이 들기까지 오랜 시간이 걸린 것 같다.

만남이 있으면 헤어짐이 있는 것처럼 소중한 인연도 놓아주어야 할 때는 놓아주어야 한다. 추억도 떠나보내야 할 때는 떠나보내야 한다.

지나간 것을 놓아주고 떠나보내야 할 때가 있다. 새롭게 닿을 인연과 새로운 추억을 쌓기 위해서라도.

버릴 건 버리세요.

없으면 못 살 것 같지만

그동안 한 번 꺼내보지 않고도

잘 살았잖아요.

지금 하는 일이 싫어졌다고 하면 이유가 뭐든지 간
에 이런 조언을 해줄 수밖에 없다.

그냥 놀거나
싫어하는 일을 계속하거나
하고 싶은 일을 찾거나
지금 하는 일을 좋아하거나.

조언이란 그런 것이다.

모든
좌절에게

　밤이 물러가면 반드시 아침이 온다. 기분 나쁜 일도, 힘들게 하는 일도, 고통스러운 일도 시간이 지나면 다 잊힌다. 캄캄한 터널도 계속 걷다 보면 밝은 빛이 스며든다. 상처도 아픔도 시간과 함께 점점 딱지가 되고 어느 순간에는 떨어져 버린다.

　우리가 할 일은 어둡고 고통스러운 지금 이 순간을 묵묵히 참아내며 한 걸음씩 앞으로 나아가는 것뿐이다. 그런 순간이 모이고 모인 게 우리 인생이다.

힘든 일이 있을 때,

포기하고 싶을 때

가장 먼저 이 말을 떠올리세요.

'이기는 힘은 언제나 내 안에 있다.'

너무
힘이 들 때는

너무 힘든데 힘들지 않은 것처럼 계속하지 않았으면 좋겠어. 너무 참을 수 없는데 견딜 수 있을 것처럼 넘겨버리지 않았으면 좋겠어. 계속 그렇게 하면 한순간에 무너질 수 있어.

참을 만큼 참아서 더이상 견딜 수 없다면 혼자 끌어안지 말고 참을 수 없다고 해. 남들이 힘내라고 해도 이미 힘을 낼 만큼 힘을 내서 지쳤다면 쉬어야 해.

참기 힘들면 참지 않아도 돼. 힘들면 힘들어해도 괜찮아. 그런다고 불행해지는 건 아니야. 나를 돌보는 게 우선이란 걸 잊지 않았으면 좋겠어.

노력도
재능이다

    열심히 공부하고 최선을 다했는데 기대한 만큼 결과가 안 나왔다고 실망하지 마. 그동안 열심히 한 건 없어지는 게 아니라 남아있으니까. 그리고 남이 알아주지 않아도 노력한 건 내가 아니까. 비록 결과는 안 좋았어도 그동안 배운 것도 많이 있으니까.

    잊지 마. 노력도 재능이라는 것을. 노력한 건 반드시 열매를 맺는다는 것을.

남들이 뭐라고 해도 나만은 나를 믿어야 해.

나를 믿지 못하면 내가 밉고 싫어지니까.

내가 가고 싶은 방향으로

한 걸음도 내딛을 수 없을 테니까.

진로 결정

- - - - - - - - - - - -

무슨 일을 해야 할지, 어느 길로 가야 할지 선택하는
게 너무 어려워.

나만 이렇게 어려운 걸까.

무엇을 하고 싶은지,

무엇이 될 것인지보다는

어떻게 살고 싶은지를 생각해.

중요한 건 어쩔 수 없는 선택이 아니라

내 선택이어야 한다는 거야.

반복의 힘

하고자 하는 의지보다 안 하려는 의지가 더 강하다.

안 하려는 의지를 꺾고
힘들어도 지겨울 만큼 반복해서
하고자 하는 의지가 더 강하게 만드는 것.
안 하는 게 오히려 이상하게 느껴지도록 하는 것.

성장하려면 반복의 힘이 뒷받침되어야 한다.

늦은
때란 없다

    하고 싶은데 못 한 일이 있어. 망설이면서 못 했고, 두려워서 못 했고, 잘 못하면 어쩌지 걱정하면서 못 한 일이 있어. 그런데 요즘 그 일이 하고 싶어졌어.

    처음에는 아쉬움인 줄 알았어. 미련인 줄 알았어. 그런데 절실함이었어.

    그런데 또 지금 시작하기에는 늦지 않았나 싶어서 망설이고 있어. 결코 늦은 때란 없는 거겠지. 해도 되겠지?

오늘
나의 목표

나는 목표를 거의 세우지 않아. 예전에 목표를 세우고 그것을 이루어보려고 노력한 적이 있는데 대부분 작심삼일로 끝나는 일이 많았어. 목표를 낮게 잡아도 마찬가지였어. 오히려 목표를 세우고 해보다가 자신감만 잃었던 것 같아. 그래서 목표 없이 하루하루 잘 살겠다고 마음먹었어.

예전에는 살을 5킬로 빼겠다는 목표를 세우고 그걸 이루어내려고 무리하게 굶고 헬스클럽도 다녔어. 그런데 지금은 매일 하던 대로 적게 먹고 공원을 서너 바퀴 걷거나 뛰고 있어. 내 건강을 위해서.

아, 그러고 보니 나도 목표 비슷한 게 있긴 해. 매일 아침 출근하면서 스스로 한 가지 약속을 하거든. '오늘은 짜증 내지 않기' 뭐 이런 거. 아침마다 새로운 약속을 스스로 한 가지씩 하면 어떤 것은 지키고 또 어떤 것은 못 지키기도 해. 나름 하루하루 잘 살겠다고 마음먹는 거니까 해볼 만한 것 같아.

망설일 때
생각해야 할 것들

　망설인다는 것은 안 하겠다는 게 아니라 하고 싶은
마음이 있다는 것.
　지금 잘하는 일은 처음에 서툴렀다는 것.
　그동안 해온 것처럼 당신은 충분히 잘 해낼 수 있다
는 것.
　무엇보다 당신이 행복해지는 일인지 생각해보는 것.

감정은
항상 옳다

좋은 일이 있고 웃을 일이 있을 때 웃는 거야. 기분 나쁜 일이 있는데도 아닌 척 웃는 것은 솔직한 감정 표현이 아니야. 모든 감정에는 다 이유가 있는 건데 무조건 좋은 감정으로 바꾸려고 하는 건 피곤한 일인 것 같아. 내가 지금 기분이 나쁘면 왜 나쁜지 그 이유를 살피는 게 우선이지 무조건 좋은 감정으로 바꾸려고 애쓰지 않았으면 해.

나는 기분이 나쁘면 그냥 나쁜 대로 있어. 그러면 기분이 더 나빠지기도 해. 그런데 어느 순간에는 그만 기분을 풀고 평상심을 유지하게 돼. 이 방법이 기분 나쁘다고 폭식을 하고 술을 마시는 것보다 훨씬 나은 것 같아.

지금은
모른다
·····

막막하고 힘든 시간을 보낼 때는 빨리 지나가기만을
바랐어. 이 시간이 나에게 어떤 유익을 줄지는 생각할
겨를도 없었어. 그런데 그 시간을 견디고 나서 알게 됐
어. 내가 조금 성장하는 과정이었다는 것을.

사랑하는 사람과 헤어질 때도 마찬가지였어. 아프
기만 했지 그것이 내가 진짜 인연을 만나기 위한 과정
인지 몰랐어.

하는 일이 안 돼서 괴로울 때도 그랬어. 그 시간을
견디고 나서 내가 정말 하고 싶은 일을 찾아가는 과정
이었다는 것을 알게 됐어.

네가 지금 너무 힘들고 불안하고 답답하다면 이 사실을 잊지 말고 조금 더 버틸 수 있기를 바랄게.

왜 그때
그렇게 하지 않았을까
- -

성인이 돼서 후회한 것 중의 하나는 학창 시절에 공부든 노는 것이든 열심히 하지 않은 거였어. 그때 그렇게 했다면 지금 나는 어떤 모습으로 살아가고 있을까.

후회해봤자 아무 소용 없다는 것을 알아. 그래서 지금부터라도 먼 훗날 내가 후회하지 않도록 하고 싶은 일을 하면서 살고 싶어.

과거는 이미 지나갔고, 미래는 아직 오지 않았고, 지금 이 순간은 얼마든지 내가 마음먹은 대로 살아갈 수 있는 거니까.

왜 그때 그렇게 하지 않았을까, 이런 후회를 하지 않게 지금 뭘 할까?

너무 걱정하지 말아요.

그동안 힘든 일이 많았는데 잘 이겨냈잖아요.

예쁘고 멋지고 좋은 하루가 많아질 거예요.

그런 하루하루가 모여서

예쁘고 멋지고 좋은 삶이 될 거예요.

혼자여도 이대로 좋다

1판 1쇄 인쇄 2020년 1월 10일
1판 1쇄 발행 2020년 1월 15일

지은이 차오름
펴낸이 백미옥
펴낸곳 리더북스
출판등록 2004년 10월 15일(제2004-106호)
주소 경기도 고양시 덕양구 지도로 84 301호(토당동, 영빌딩)
전화 031)971-2691
팩스 031)971-2692
이메일 leaderbooks@hanmail.net

ISBN 978-89-91435-95-7 03810
잘못 만들어진 책은 구입하신 서점에서 교환해드립니다.